明日，裸足前來。3

她一眨眼就蹦出了銀河，
揮灑的汗水變成點點星辰。
舞台上的她——
正天真爛漫地與音樂同樂。

岬 鷺宮
Misaki Saginomiya
illustration Hiten

CHARACTERS
Tomorrow, when spring comes.
坂本巡 (Sakamoto Meguri)
六曜春樹 (Rokuyou Haruki)
五十嵐萌寧 (Igarashi Mone)
二斗千華 (Nito Chika)
芥川真琴 (Akutagawa Makoto)

明日，裸足前來。3

Tomorrow, when spring comes.

岬　鷺宮

illustration§ Hiten

Kadokawa Fantastic Novels

Tomorrow,when spring comes.

明日，裸足前來。

#HADAKOI

序章 prologue

【夏天的圖畫日記】

8月21日　星期二

今天我終於在8秒內跑完50公尺！
這樣我就贏過竹下，變成全班第一名了！
大家都說竹下是天才，我絕對贏不了他，
但根本沒那回事。
果然只要努力就會成功。
運動跟學業都一樣。
只要全力以赴，就真的沒有贏不了的對手。

重要的是自己怎麼選擇。
如果不順利，那就練習無數次。
如果贏不了，那就不斷提出挑戰，
直到勝利為止。
只要不放棄，夢想就會實現，
半途而廢只是在找藉口而已。
所以我真的什麼都辦得到！
我一定要變成自己想成為的樣子！

Tomorrow,when spring comes.

明日，裸足前來。

#HADAKOI

第一話 chapter1

【平凡】

「——我是今年碧天祭的副執行委員長，二斗千華！」

在集結了全校學生的體育館。

二斗在舞台上透過麥克風用輕快的語氣這麼說道：

「一年級就接下這個重責大任，我的心情十分激動！其實我國中就曾以遊客身分參加過碧天祭……一直對這個活動充滿嚮往。我會盡最大的努力，所以一起創造美好的回憶吧！請各位多多指教！」

她低頭鞠躬，學生們便獻上熱烈掌聲。

掌聲中充滿熱情與確切的期待——

二斗在學校裡也是風雲人物。

經過走廊就會引來眾人矚目，她自彈自唱的影片也傳遍了整間學校。

如此知名的二斗將在文化祭擔任副執行委員長，似乎立刻就勾起了學生們的好奇心。

「……那傢伙真的很受歡迎耶。」

我跟著送上掌聲，心情複雜地露出苦笑。

「畢竟一切都很順利嘛，不管是音樂還是高中生活……」

——九月下旬。

暑假結束，秋老虎也不再發威，早晨夜晚也開始慢慢感覺到秋日的氣息。

集結在體育館的學生們大部分都穿著長袖而非短袖。

空氣依舊悶熱，但涼爽秋風時不時會從敞開的窗戶吹拂而來，相當舒適。

結束第一輪高中生活並穿越時間後，體感上已經過了半年。

回頭想想，過去也發生了很多事啊……

為了創立和延續天文同好會的種種努力。

聽到二斗說「我喜歡你」，還向我坦承「我也一直在重過高中生活」。

遇見m·inase小姐、二斗第一支PV公開與陪五十嵐同學尋找夢想等。第一輪沒發生過的這些事接踵而來，我每天都在努力東奔西走。

或許是努力有了代價，目前第二輪高中生活可說是一帆風順。

二斗和我依然是情侶關係，五十嵐同學和二斗也依舊是好朋友。

天文同好會的活動也進行得很順利，會定期舉辦天象觀測和製作影片。

第一學期結束後隔了個暑假，在今天展開了第二學期。

目前我在早上的全校集會中，觀看即將在十一月舉辦的文化祭——碧天祭的工作人員介紹。

「好的，感謝二斗千華同學。」

聽到司儀老師這麼說，二斗便悄悄退至舞台邊。

「二斗千華同學才一年級，請各位儘量給予協助。接下來——」

「……這麼說也是。」

我忽然想起第一輪高中生活，又低喃了一句：

「二斗這個副執行委員長當時可是大放異彩呢……」

體感上大約是三年前吧，當時的記憶雖然模糊，我還是有點印象。

那時我和二斗剛開始交往，但明顯不太順利。

我的成績一路下滑，二斗卻在音樂家一途取得了成功。

於是我擅自貶低自我，漸漸和她拉開距離。

而且正好在這場文化祭之後，二斗就決定要正式出道了。

以此為契機，二斗也不再來社團教室露面，我們的關係也無疾而終……

……啊～那時候真的很痛苦呢～

當時的記憶雖然不是很清楚，卻只記得痛苦的感覺。

真琴也還沒入學，我完全是孤立無援的狀態。

此外，我還想起另一件事。

「——大家早安。」

一個陽剛的男性嗓音從舞台上傳遍整間體育館。

抬頭一看——那人身材高挑，髮型簡短俐落，五官精悍，體格精壯又結實。

距離這麼遠，也能一眼就看出他的「頂尖」氣場。

「——我是今年碧天祭的執行委員長——六曜春樹。」

舞台上的人——是這間學校嗨咖圈的中心人物。

也是我創立的天文同好會成員之一的六曜學長。

「我將以本次負責人的身分主辦碧天祭，請多指教。」

看著舞台上站姿英挺的他，我獨自點頭稱是。

「文化祭是由六曜學長和二斗主導的……」

「是啊，就是這樣。」

第一輪高中生活也是如此。

文化祭委員是由自願參與者募集而成。

從這些人當中再進行一輪選舉後，六曜學長成了執行委員長，二斗成了副執行委員長。

我們這間天沼高中的文化祭名為「碧天祭」。

雖然是公立高中，活動規模卻不小，曾有電視台來現場採訪，舞台表演還會進行網路直播，儼然是地區祭典的規模。

天文同好會這兩個好夥伴——竟然被選為這場盛大活動的總舵手。

「今年我想讓碧天祭比往年更加熱鬧。」

舞台上的六曜學長加強語氣這麼說：

「簡單來說，我想辦一場史上最棒的碧天祭。」

喔喔～學生們紛紛開始起鬨。

六曜學長的話語有種難以言喻的說服力。

光聽他這麼說，我也不由得燃起了期待。

「因此我想進行許多前所未有的挑戰，比如拓展會場、強化直播系統，除此之外，每年的例行活動也要全面升級。具體而言，自由舞台由我統籌，主舞台由副委員長二斗統籌，我們要打造出精彩程度更勝以往的活動！」

學生們再次發出驚呼。

甚至有人發出小小的歡呼聲。

六曜學長似乎立刻就開始發揮執行委員長的領袖魅力。

「所以——也請各位不吝幫忙，同心協力打造出最棒的碧天祭吧！」

體育館響起如雷的掌聲。

掌聲中確實充滿了學生們的期待與激昂。

「……真是了不起呢。」

我忍不住輕聲感嘆：

「他們居然接下了這種重責大任……」

六曜學長和二斗，跟我真是不同世界的人。

被學校任命這種重要工作，而且還深受全校學生歡迎……

在第一輪高中生活看到這種畫面，讓我意志消沉。

看到二斗站在六曜學長身邊，我甚至有種被拋棄的感覺。

可是──對現在的我來說，眼前這畫面代表的意義已截然不同。

六曜學長是拯救天文同好會的恩人，而二斗是我的戀人──

這兩人即將主辦今年的文化祭。

「……替他們加油吧。」

我點點頭如此嘀咕道。

和他們相比，我或許只是默默無名的路人甲學生。

手中雖然沒有任何權限和職權，但這兩人都是我的重要夥伴。

那一定有我幫得上忙的地方。我難得對「學校活動」充滿熱忱。

「盡我所能幫忙吧……」

我自然而然地下定了決心。

*

「——哎呀～得努力才行了～」

這天午休，因為天氣也不錯，我們便來到中庭。

「呼～」吃著三明治的二斗嘆了一口氣。

烏黑長髮在秋日陽光下閃耀著銀色光芒。

若隱若現的粉色耳圈染，脫下鞋子後赤腳上的指甲彩繪，都帶著周遭的色彩，看起來比以往沉穩許多。

表情也比今天早上在舞台上看到時輕鬆不少。

眼眸中的光芒不再鋒利，面部肌肉和緩，肩膀也放鬆了些。

在外人面前假裝優等生，卻會在知心朋友面前展現自我，二斗的習慣至今依舊沒變。

「碧天祭啊～主舞台的壓軸是我的表演呢。」

「啊～對耶。」

我回想起上一輪的記憶並點點頭。

「我印象中的碧天祭也是這樣，場面好像很熱烈。」

當時我覺得有些難為情，所以沒有去現場看，但那天的舞台在學生之間流傳了好長一段時間。

歌曲很好聽，演奏很精彩，氣場十足等等。

那一陣子蔚為話題，連當時沒什麼朋友的我都能聽到這些傳言。

「對吧～？」

二斗說得輕描淡寫，兩隻腳晃呀晃的。

「然後呀，電視台來採訪的那些人用攝影機拍下那個畫面，還在新聞時段播報。被唱片公司的人看見後，我就決定正式出道了。」

「喔喔，原來如此！」

奇怪，原來流程是這樣嗎！

二斗現在隸屬於創作者支援組織INTEGRATE MAG。

她已經在那進行創作活動，也在網路上直播PV和歌曲，卻沒有加入唱片公司，將歌曲打進市場。

這場文化祭就是她與唱片公司簽約，將歌曲打進市場的契機。

換句話說就是「正式出道」的機會。

「嗯，所以這次也要好好努力才行～」

二斗一臉為難地笑道：

「一定要祭出讓唱片公司的人看到影片後驚嘆『這是什麼！』的精彩表演……」

「……常聽別人說，現在也不太需要正式出道了。」

雖然對音樂產業不熟悉，但我有些好奇地問：

「網路直播的方法問世後，大型唱片公司的地位也愈來愈式微。二斗不能也維持現狀，只在INTEGRATE MAG活動就好了嗎？」

——讓唱片公司滿意的演奏。

應該相當不容易吧。

公司會在音樂家身上投入足以出道的巨額資金，契約條件應該十分嚴苛，尤其近年來唱片產業的景氣又不樂觀。

如此一來，若不能拿出相當吸睛的演出，就無法踏上正式出道這條路……況且二斗還有文化祭副執行委員長的工作得做。

……難度太高了吧？

扛著這麼多責任未免也太吃力了吧？

於是我心想，難道不能暫時放下出道的目標，先想辦法把文化祭辦得風風光光嗎……

「……確實有很多沒有正式出道也能星路順遂的音樂家呢。」

二斗忽然一臉嚴肅地說：

「也有在網路上闖出名號，自行販售音源的人。若以商業性來考量，這麼做會牽扯到的人也少了很多，甚至可以更加靈活地安排工作。」

「對吧？那二斗也可以考慮往這方面發展吧？」

「嗯～我有這樣想過啦。」

二斗面帶苦笑，輕輕咬緊下唇。

「其實我在循環中走過這條路……」

「……結果呢？」

「ｍｉｎａｓｅ小姐崩潰了……」

ｍｉｎａｓｅ小姐。

INTEGRATE MAG的發起人，也是二斗的創作夥伴。

她在幕後全力支持音樂家ｎｉｔｏ的所有活動，是個可靠的製作人、總監兼經紀人。

「一個人的交涉和管理能力還是有限，可是我的活動規模愈來愈大，害她勉強自己……別看她那樣，她的心靈十分脆弱，當時她徹底被擊垮了……」

二斗將視線低垂，似乎想起了那些往事。

「所以……我還是得正式出道才行，一定要減輕ｍｉｎａｓｅ小姐的負擔……」

「……這樣啊。」

原來如此……這樣我就理解了。

為了守護重要的夥伴，為了恩人ｍｉｎａｓｅ小姐，二斗想努力拚一次。哪怕有些勉強，也要逼自己拿出最棒的演出。

很像二斗會有的想法，這讓我再次喜歡上她了。

那——我應該要做的事情很簡單。

「——如果有我幫得上忙的地方，我什麼都願意做。」

我直盯著二斗的雙眼這麼說：

「我能幫就儘量幫，所以……妳也別客氣儘管開口。」

我就是為此才來改寫高中生活。

為了和二斗並肩同行，帶她逃離未來失蹤的命運，此刻我才會出現在這裡。

那我就想盡自己所能貢獻一切。

為了我個人的心願，希望二斗能依賴我。

「……這樣啊。」

二斗抬起頭望著我。

原本僵硬的臉頰也慢慢放鬆。

「謝謝你，我好開心。」

並露出燦爛無比的笑容這麼說。

「不過……這次的演出並沒有想像中困難。我已經循環好幾次了所以很清楚，讓唱片公司滿意的門檻其實並不高，第一學期的線上演唱會反而比較難……」

「哦，是這樣嗎？」

聽到這出乎意料的說法，我忍不住驚訝。

「那妳要努力什麼？」

「嗯……」

二斗的表情再度蒙上陰影。

她滿臉猶豫，在腦中揀選詞彙好一會後——

「……努力做好讓某人陷入不幸的——覺悟？」

始料未及的這句話，讓我一時間無言以對。

陷入不幸的，覺悟。

這是……什麼意思？

明明能開拓二斗的未來，也能幫助到ｍｉｎａｓｅ小姐……難道還會有其他事發生嗎？

但我還來不及提出這個疑問時……

「──啊，我問你，你真的什麼都願意做嗎？」

二斗忽然轉換語氣如此問道：

「為了讓我演出成功，你真的什麼都願意幫忙？」

「……對、對啊。」

話題轉變讓我有些疑惑，我還是點點頭。

「當、當然會幫啊！包在我身上！好歹也是第二輪高中生活了！也算是經驗豐富吧！」

「是嗎是嗎……」

二斗點點頭，並露出滿意的笑容。

「那……跟我親親好嗎？」

「……啥？」

「巡，跟我親親嘛……」

──怦咚！

心臟狠狠跳了一下，甚至讓我有些吃痛。

……親、親親！咦？這是，那個意思對吧？

是情侶之間會做的那種事吧……？

「為、為什麼突然……」

情況發展超出我的理解範圍，我語無倫次地這麼問：

「為什麼話題會走到這個方向啊……」

「咦～因為……」

二斗露出更加滿意的笑容盯著我看。

還忽然往我身上靠過來。

「能得到這個獎賞的話，我也能好好努力呀。而且到目前為止，巡都沒有主動親過我吧？」

「……這倒是。」

「所以才希望你至少親我一次嘛。欸，可以吧？」

她說得沒錯，我從來沒有主動吻過她。

開始交往變成男女朋友後，我們接吻過好幾次。

第一次是剛交往不久在頂樓上，後來在氣氛正好的時候也吻了好幾次。

但每次的確都是二斗提出親吻的要求，而我只是乖乖接受。

「這樣啊，嗯，原來如此……」

二斗當然會不高興吧。

此時我也想以男友身分立刻滿足她的心願。

「那就、呃……」

雖然仍有疑惑，我還是做好心理準備。

「好，我會的，如果妳演出順利我就親妳，所以加油……」

「……不不不，不是這個意思！」

可是——二斗卻一臉驚慌地否定我充滿決心的發言。

「不是等演出順利之後，是現在！我要你現在馬上親我，讓我之後可以好好努力！」

「現、現在嗎！」

「對啦！我哪等得了那麼久啊！」

「可、可是這裡是中庭耶！其他學生可能也會來喔！」

「現在沒有啊！所以是親親的好機會！就是現在！」

說完，二斗氣勢洶洶地朝我逼近。

她握著我的手，目不轉睛地看著我。

「來吧……沒時間猶豫了！」

望著我的眼眸宛如濕潤的水晶。

如雕像般筆挺的鼻梁下方，是看似柔軟的薄唇……

我感覺到心臟怦怦跳個不停，同時心想：

……這樣只能豁出去了嗎。

現階段實在不可能拒絕，我也希望二斗能好好加油。

所以我只能主動吻她……

「呼……」

……親吧，嗯，就親吧。

接下來二斗要全力迎戰文化祭。

為了她著想，我怎麼能因為這點小事猶豫不決……

我做好心理準備，深深嘆了一口氣。

接著往手臂使力，緩緩將臉湊向二斗——

「——喂，坂本～！」

——我猛地放開二斗。

中庭某處傳來呼喚我的聲音。

聽到那個熟悉的隨便口氣——我連忙將臉從二斗面前退開。

然後迅速轉頭一看。

「那個～就是碧天祭要出的活動啊～」

「我想說，我們班要不要乾脆來辦Ｃｏｓｐｌａｙ咖啡廳啊？」

「你來幫我們投票好不好？」

是我的朋友。

西上、鷹島、沖田三人組。

是平時在班上跟我經常往來的熟面孔。

他們一派輕鬆地走過來之後，發現二斗在我身邊。

「……喂、喂！二斗同學也在喔！」

「你早說嘛～！」

不知為何，他們驚慌失措地往後跳。

「早、早說什麼啊，是你們忽然跑來的耶！」

「可、可是知道二斗同學也在的話！就能先做好心理準備啊！」

「對啊！怎麼能打擾到兩位嘛……」

「咦～不用那麼客氣啦！」

二斗立刻轉換成優等生模式。

不知不覺穿好鞋子的二斗，用爽朗的笑靨對三人這麼說道：

「我們是同班同學嘛～可以隨時找我聊天呀！來都來了，也可以一起吃午餐唷！」

「咦，真的假的……？」

「二斗同學太溫柔了吧……！」

西上他們一副誠惶誠恐的樣子。

不過——我完全能理解他們的心情。

在第一輪高中生活裡，我正好也是在這段時期和二斗拉開距離。因為在她身邊太難受了，我才會從她身邊逃開。

原本的我就是西上這種人。

不會出現在二斗這種人身邊，絲毫不值一提的平凡人類。

所以……

「……不，你們還是別來了，我要跟二斗單獨吃飯。」

「為什麼！有什麼關係，二斗同學都答應了！」

「才剛交往沒多久，就裝出一副男朋友的死樣子！」

「什麼男朋友的死樣子！我真的是她男朋友啊！」

跟西上爭辯的同時……我也不禁心想。

第二輪高中生活真的變得很不可思議。

我居然真能待在二斗這種另一個世界的女孩身邊。

人或許不分貴賤，上天也沒有創造出人上人。

儘管如此，人在現實中依然有許多類別。

不只是我和二斗，天文同好會的另外兩人，本來也不是會跟我玩在一塊的那種人。

真不懂我怎麼能待在他們身邊。

這次我只要稍微伸出手就能和他們在一起，跟第一輪完全不同。

「但下次真的要一起吃飯喔！」

「咦～真的可以嗎！」

「嗯，大家一起吃比較開心嘛！」

二斗笑容滿面地跟西上他們這麼說。

但可能還是對不能接吻一事有些不滿，她在他們看不見的位置往我手背狠狠一捏——

能看見在人前耀眼奪目的二斗不為人知的另一面，讓我打從心底感到開心。

＊

然後——另外一位「異類」。

對我來說也是不同世界的人，六曜春樹學長——

「啊～煩死了～怎麼辦啊～！」

此處是天文同好會社團教室，二斗和五十嵐同學有事先回去了。

六曜學長用電腦拚命處理碧天祭的準備工作，還用超大音量自言自語。

「嗯～這樣也不夠啊，可惡～要想想其他方法……」

啊～這個人當上執行委員長之後，果然也很辛苦吧。

不但受人愛戴，腦筋動得也快，六曜學長總給人工作能幹的感覺。

因為是有點壞壞的硬派狠角色，所以很有膽識，在關鍵時刻感覺也很可靠。

但要主辦整場文化祭還是不太容易吧。

辛苦了，不要勉強自己啊，老大……（小弟口氣）。

不過有件事讓我無法理解。

「……那個，學長。」

本來在放空滑手機的我，抬起頭不經意地問：

「如果要準備文化祭，不是應該去執行委員那裡嗎？學校有分配教室給你們吧？」

「啊～是沒錯啦。」

六曜學長在電腦前抬起頭，「呼～」地嘆了口氣。

「但在那裡就不能抱怨啦。我不想打擊大家的士氣，想展現出積極正向的一面。」

「原來如此，你會在意這種事啊。」

「那還用說，這才是最重要的吧。因為我進度卡關就想瘋狂碎碎唸，所以才決定在這裡工作。」

哇～最重要啊……

原來如此，這種人居然對別人的士氣這麼在意啊。

或許這是一種「不想表現出消極」的美學，但好像多了幾分傲氣。

「但不好意思，巡也覺得不太舒服嗎？」

「啊啊，沒有！沒關係啦！」

我用力搖搖頭這麼說。

「該怎麼說呢，只是有點意外，原來六曜學長也會想抱怨啊。」

「……啊～對啊。」

隔了一段思考般的靜默後——學長露出有些疲憊的笑容。

我好像是第一次看到這種表情。

這個笑容，似乎能看到這個硬派頂尖人士的內心層面。

然後學長他——

「……可以跟你聊聊嗎？」

難得用打探般的眼神看向我。

「巡，你現在有時間嗎？」

——還用這種口吻如此問道。

這位六曜學長可是嗨咖中的嗨咖，居然用「我想跟你商量」的語氣這樣問我。

「……當、當然啊。」

一股難言的喜悅浮上心頭——於是我點點頭。

「我洗耳恭聽，你也別客氣儘管說吧。」

這是怎樣……這股喜悅是怎麼回事？

被金字塔頂端的男人需要的感覺，讓我有點誠惶誠恐，卻也開心得不得了。

……我猜是那個吧。

就像午休時間看到班上的女生隨便坐在我座位上的感覺。

彷彿理所當然地承認我的存在，也像是對我毫不避諱那般。

我的自我肯定感到底有多低啊。

「我之前跟你說過想創業的事吧？」

「啊啊，有啊，你有說過。」

「我想跟夥伴創業開公司，一起讓公司發光發熱。畢竟我爸也是白手起家，我很崇拜他，所以也想做一樣的事。」

我在學長加入天文同好會時聽過這件事。

因為想開公司，所以想趁現在多認識形形色色的人。

天文同好會的成員跟班上那些朋友不太一樣，所以他才想加入。

確實可以想像六曜學長成為經營者的樣子。

看到新銳企業家就是這種感覺吧。

大部分都是學生時期就大受歡迎，或是位於金字塔頂端的人。

可是……

「……老爸卻不認同我的想法。」

六曜學長用吐苦水的口吻這麼說。

「他說在這個時代開創新事業只是浪費時間，要我先去他的公司上班。」

「真的假的？」

——父母反對。

這幾個字跟六曜學長的形象實在搭不上邊，甚至有種不可思議的感覺。

不過也對，這個人當然也有父母，會跟他們討論職涯發展並尋求意見……

學長的父親應該是某間企業的老闆吧。

以這個形象來說，應該能理解六曜學長的夢想……結果卻叫他去自己的公司上班。

這種事或許在有錢人家經常上演。

「可是……我也不肯妥協就對他死纏爛打，最後他開了幾個條件。只要我完成這些條件，他就承認我的創業夢，還會給予協助。」

——說到這裡，學校鐘聲響了。

我看看時鐘，現在是晚上七點，已經是最終離校時間了。

「……接下來就邊走邊聊吧。」

「喔，好啊。」

我們向彼此點點頭，開始整理書包。

鎖上社團教室的門往樓梯走去——

「——老爸是這間高中的校友。」

六曜學長踏著輕快的步伐走下樓梯，用低沉悅耳的嗓音這麼說。

校內的燈光開始陸續關閉，周遭一片昏暗。

窗外能看見夕陽正在西沉的荻窪天空。

天幕緩緩透出群青色，以及時而閃現的微小星光——

「而且他好像也跟我一樣，二年級的時候擔任碧天祭的執行委員長。」

「哇～真的假的！」

來到走廊往教職員辦公室前進時，我驚呼一聲。

「所以你們父子倆都是執行委員長耶！還有這種事啊……」

「只是他給出的條件也跟碧天祭有關。」

我們報告一聲走進教職員辦公室，將社團教室鑰匙放回鑰匙盒。

還有很多老師在座位上辦公，我們行了個禮就離開辦公室。

「先前不是已經公布今年碧天祭的自由舞台由我負責，主舞台由二斗負責嗎？跟往年不同，會讓執行委員長和副執行委員長直接指揮承辦。」

「是啊，沒錯。」

——自由舞台和主舞台。

顧名思義，就是自願者表演的小規模舞台，和由學校主導的文化祭重頭戲主舞台。

每年的主舞台都是在第一體育館，自由舞台是使用特別教室，兩種舞台營造出不同的氣氛，也都盛況空前。

話雖如此，規模差距還是相當懸殊。以體感而言，主舞台和自由舞台的來客數比例大約是三比一。

然後……

「——他要我讓自由舞台贏過主舞台。」

再次走下樓梯時，六曜學長用無奈的嗓音這麼說。

「就是來客數要勝過主舞台。」

「……真的嗎？」

「如果我成功了，他就認同我的創業夢。」

我能明確感受到——這個任務難度有多高。

換句話說，就是副舞台要勝過主舞台。

而且勢必要召集到往年三倍以上的觀眾才行。

這……不管怎麼想都太難了。

不管六曜學長再怎麼厲害，這種條件也實在太離譜。

況且——我又想到一件事。

「……咦，對了……」

來到一樓的走廊後，我邊走邊說：

「主舞台……是不是二斗壓軸演出？」

學生們似乎都已經離校了。

我的聲音在空無一人的走廊上迴響著。

「那傢伙……會以ｎｉｔｏ的名義發表演奏吧？」

而且……還不是單純的演奏。

是牽扯到能不能正式出道，賭上循環未來的演奏。

二斗應該會全力以赴，我也希望她能成功。

可是……這個舞台卻非贏不可。

六曜學長——一定要贏過二斗才行。

……真的辦得到嗎？

我將視線移至腳邊，心中自然浮現出這個疑問。

就算放在往年，自由舞台要勝過主舞台也是脫離常軌的目標。

如果是我可能會直接放棄，就算由這位六曜學長主導，以現實層面考量也不可能順利過關。

而且偏偏——是nito。

更可怕的是，今年還有她擋在眼前。

才華驚為天人的音樂家。

不但席捲國內音樂圈，幾年後甚至能登上紅白並進攻海外市場，是貨真價實的天才。

就連現階段——也是以網路音樂家名義引來萬千關注的nito。

現在不但要和她對決，還非贏不可。

而且是在「舞台觀眾人數」這個對她有利的領域。

這……真的有可能嗎？

「哎……但也只能拚一拚了！」

沒想到六曜學長用爽朗的嗓音這麼說。

「目前的狀況確實很不樂觀，nito可是天才，百分之九十九的人都會放棄吧。」

「……是啊，我也這麼想。」

「不過——我就是剩下的那一個人。」

說完，六曜學長露出無畏的笑容。

「我的確只是一介凡人。雖然有人說我是有心就能成功的那種人，但在必須『有心為之』的那一刻，就代表我是『普通人』。話雖如此……只要我全力以赴，應該就有轉機。只要堅持到底不斷思考對策，應該就能找到突破的方法。」

我們來到鞋櫃區，在各自的鞋櫃前換穿鞋子。

然後在離開校舍走向大門口時……

「——我要試試看。」

六曜學長用挑戰的語氣這麼說。

「我要讓大家看看——凡人勝過天才的那一幕！」

＊

「——以前我覺得，把天生條件差距當成藉口的人真的很遜。」

六曜學長——對我這麼說。

在學校附近的咖啡店，設於店內後方的座位區。

坐在我眼前的六曜學長一臉苦澀地抽著菸，用低沉的嗓音這麼說：

「人無法選擇父母、長相還有家世等等，全都是藉口。」

看到他叼在嘴裡的菸，我差點就要反射性地出言責備。

可是……仔細想想，六曜學長早就超過二十歲了。

並不是法律上禁止吸菸的年紀。

——這裡是未來的世界。

文化祭結束後又過了兩年半的「現在」。

在那之後又多了幾歲，變成大學生的六曜學長——看起來相當疲憊。

一頭短髮毫無整理亂糟糟的，襯衫也滿是皺褶。

高中時期那種霸氣和氣場徹底消失，感覺連聲音也不再響亮。

而且他——

「……但我錯了。」

——吐出菸霧對我這麼說。

「天生條件確實有差，真的有不管怎麼努力都贏不了的才能差距。」

他視線低垂，用呢喃的語氣喊出那個名字。

「……二斗跟我們是不同世界的人呢。」

他的音量細若蚊蚋。

幾不可聞的嘶啞嗓音，根本無法想像是那個六曜學長。

「次元不一樣，根本贏不了那種人啊……」

──還是輸了。

在那之後，六曜學長似乎用盡全力打造自由舞台。

他自行招募表演者，為了使用更大的會場努力交涉，宣傳方面也下足工夫。

可是──

「但是……卻差了整整四倍。」

──結果相當殘酷。

「差距比往年還要大……啊哈哈，真的只能笑了呢。」

主舞台和自由舞台的差距是四比一。

雖然整體入場人數大幅增加，二斗卻交出了驚人的成果。

她召集到連會場都塞不下的人數，締造了史上最多觀眾數的紀錄，獲得壓倒性勝利。

結果……六曜學長似乎放棄創業，用這種看似自暴自棄的態度過著大學生活。

「原來……如此……」

我語氣生硬地回答，感到驚訝萬分。

——四倍。

那個六曜學長是真的卯足全力拚搏了。

一定也付出了我無法想像的努力。

品質肯定也不差。

雖然沒有親眼看過，但那個人主辦的舞台一定不會太糟。

可是——卻差了四倍。

六曜學長甚至連往年的「三倍」都沒能達標，以失敗告終。

他的未來狠狠被斷送了……

這時……我忽然想起一件事。

以我的角度來說，「第一次」和六曜學長說話的時間點。

就是第一次時間移動的隔天，我在和真琴討論往後對策的時候。

六曜學長主動開口，第一次和我交談。

當時他說了這句話——

「——該怎麼說，我跟她算是勁敵……不，可能連勁敵都稱不上吧。」

那個時間軸的學長應該也一樣。

在文化祭挑戰二斗卻失敗了。

那時他看起來就像個普通的頂尖男子……但如今回想起來，確實有點憤世嫉俗的味道。

不管在哪個時間軸，六曜學長的信念──都被二斗重挫了。

「……在那之後。」

六曜學長用嘶啞的嗓音繼續說：

「二斗連社團活動都不參加……也和你分手了吧？」

「……啊、啊啊，是啊。」

面對初次聽聞的話題，我生硬地「裝出知情的模樣」。

「原來契機就是那場碧天祭啊……」

「抱歉，我不但毀了自己，還毀了巡跟二斗的關係……」

……他居然把這些責任都攬在自己身上嗎？

六曜學長明明很痛苦，卻把這件事也當成自己的責任嗎……

而且我忽然想到。

前幾天午休聊到文化祭的時候，二斗不經意說出的那句話：

「……努力做好讓某人陷入不幸的——覺悟？」

我才終於明白她說的是這件事。

二斗知道自己的成功會傷害六曜學長。

一定也知道他會斷送未來，絕望透頂。

就像和五十嵐同學的爭執會把她逼上絕路，這件事或許也是她失蹤的原因之一。

「那傢伙現在在做什麼呢……」

六曜學長這麼說，我也跟著他一起看向窗外。

「居然失蹤得這麼突然……明明這麼有天分，為什麼要做那種事……」

儘管如此，他的臉上還是殘留幾分對朋友的關切與擔憂之情。

這讓我再次堅定決心，絕對不能讓這個人落得如此下場。

*

「——啊～討厭，完全不行嘛！」

坐在鋼琴前的二斗用力亂揉自己的頭髮。

「嗯～明明聲音發得出來，狀況也不差啊……」

——我回到兩年半前的世界，此刻所有社員都集中在放學後的社團教室裡。

二斗的演奏練習似乎遇到瓶頸，情緒相當煩躁，不停彈奏琴鍵唱出歌聲。

……我們好像隔了三天左右，才像這樣全員到齊。

隨著碧天祭準備工作逐漸起步，大家放學後都變得忙碌起來。

或許是因為如此吧，二斗、五十嵐同學和六曜學長像這樣齊聚一堂的畫面讓我有些感慨，滑手機的同時也嘆了口氣。

「咦～我覺得沒什麼問題啊。」

五十嵐同學站在二斗身邊，邊喝飲料邊用輕鬆的語氣這麼說。

「鋼琴彈得很好，歌也唱得很棒，維持這個狀態不好嗎？」

「呃～唔嗯……」

暑假結束後，二斗的人氣似乎又突破了不少。

第一支量身打造的動畫ＰＶ，以前所未有的速度突破一百萬觀看次數，音樂雜誌的採訪邀約也如雪片般飛來。

上週舉行的線上演奏會，同時在線觀看人數最高達到兩萬人。

目前已經是「只要是音樂迷就一定認識她」的存在了。

可是……她依然沒有改變。

二斗現在也像以前那樣光著腳。

她晃啊晃擦了指甲油的腳尖，在鋼琴前面嘟起嘴巴。

「我也覺得不錯啊。」

正在用手邊電腦工作的六曜學長也這麼說。

「聽起來很帥氣，維持這種風格應該很讚吧。」

「嗯～是這樣嗎～」

「但這只是外行人的意見啦，抱歉，隨便插嘴。」

他的語氣——始終相當隨和。

對學長來說，二斗是擋在眼前的一堵高牆。

或許會阻礙自己的人生，說是勁敵也不為過的存在。

可他依然用如此友好的態度面對這樣的對手。

不僅如此……甚至還會推她一把。六曜學長就是這種人。

「……嗯，還是再加把勁吧。」

說完，二斗再次面向鋼琴。

「感覺再努力一下就能順過去了，我再試一試吧。」

「千華加油！」「不要太逞強啊～」

兩人都為她送上聲援。

──已經下定決心了。

已經決定自己在文化祭之前該怎麼做了。

我再次看向社團教室裡的這些人。

二斗的手掌在琴鍵上飛舞；五十嵐同學盯著資料手拿著筆，似乎在思考什麼，一定是在煩惱碧天祭班上要辦什麼活動吧。

六曜學長正在用電腦做執行委員長的工作，偶爾會跟副委員長二斗進行簡短的討論。

──我頓時覺得依依難捨。

我已經把這裡當成自己的歸處，把這些成員當成自己的夥伴了。

所以我想守護所有人的未來。

不只是二斗，我希望能帶領所有人踏上幸福的未來，笑容滿面地迎接畢業典禮。

為此──我就必須採取行動。

我一定要阻止碧天祭發生的悲劇。

「……好，開始吧。」

我看著介紹宇宙小知識的頻道昨天剛上傳的「詹姆斯・韋伯太空望遠鏡」影片，並低聲呢喃：

「就先試著找找……自己能做的事吧！」

我——一定辦得到。

過去我一點一點地改變了未來。

也漸漸扭轉了二斗失蹤的結局。

那這次也一樣。

我發誓要找出應該藏在某處的「我們的正確答案」。

【小插曲一】

「——來，這些是自由舞台的歷史資料。」

放學後的教職員辦公室。

負責管理文化祭執行委員的御手洗老師這麼說，並將一疊厚厚的資料遞給我。

「還有，這是另一份資料，應徵舞台工作人員的學生。」

「好，謝謝老師。」

「……六曜，我覺得你一定沒問題。」

說完，御手洗老師也露出充滿信賴的笑容。

「但注意別耽誤工作進度，千萬不要勉強自己喔。尤其你還是執行委員長，記得要適時跟身邊的人求助喔。」

「好，我會注意的，告辭。」

說完，我鞠了躬便離開教職員辦公室。

前往執行委員專用的特別教室時，我看著剛拿到的那份資料。

「不要勉強自己啊。」

看著資料上羅列的資訊，我忍不住輕笑。

「話是沒錯，但勉強自己做這種事也很快樂啊……」

——碧天祭，執行委員長。

其實進這間高中之後，我就一直想拿下這個寶座。

父親對我來說是一大難關。

他過去曾擔任這個職位。

我從以前就一直想贏過老爸。

就算沒有這次的機會，我也想在其他地方超越老爸的成就。

將近三十年前，他考進當地最強的天沼高中，之後又考進國內頂尖大學。

不僅如此，父親憑一己之力興辦企業，還持續經營二十年。

在我心目中如此偉大的存在，總有一天我要靠自己的力量超越他。

所以……這次的機會反而正合我意。

是可以靠自己的力量正面挑戰老爸的大好機會。

那……我就不能說「不要勉強自己」這種天真的傻話。

我想為自己設下難關，奮戰到撐不下去為止。

而二斗這個對手，正是這場戰役的最佳勁敵。

「……哦？」

這時我忽然發現一件事。

在「應徵工作人員」的學生名單上，寫著兩個名字。

「……是他們啊。」

說著說著，我忍不住笑了。

如果他們也在，應該會變得滿有趣的。

我對未來變得更加期待。

「好……加油吧。」

抵達特別教室後，我再次拿出幹勁，打開眼前這扇奶油色大門——

第二話 chapter2

【You're (not) included in my life!】

「——咦！你是自由舞台的工作人員？」

碧天祭執行委員長公布後過了一週。

整間學校開始慢慢進入準備期的某天放學後。

班上活動順利（？）定案為Ｃｏｓｐｌａｙ咖啡廳，大家一起去採購用品的途中，二斗驚訝地瞪大眼睛。

「巡……你自己去應徵的嗎？」

「喔，我想了很久才決定這麼做。」

現場有種微妙的尷尬，但我還是挺起胸膛對二斗點點頭。

西上三人組走在前面，於是我用他們聽不見的微弱音量說道：

「二斗，六曜學長，還有我自己，這些事我都考慮過了，才覺得這麼做比較好……」

進入十月後，時序也已經完全入秋了。

街上行人的穿著也漸漸變得厚重起來。

『哎呀～現在是食慾之秋呢！』像這樣走在商店街裡，就能聽見杉並區的地方ＦＭ廣播介紹人氣餐廳的聲音。我其實還滿喜歡這個廣播，不僅能聽見在地情報，聊天氛圍也很輕鬆……

——但現在不是逃避現實的時候！

「是嗎……」

二斗發出疑惑的聲音。

我該怎麼跟她說明自己的決心呢？

二斗說得沒錯……我現在是六曜學長負責的自由舞台工作人員。

說實話，我這次猶豫了很久。

二斗跟六曜學長兩人的對決。

二斗是我的戀人，六曜學長是重要的社團夥伴。

我希望這兩人都能幸福。

真要說的話……若問我想以誰為優先，其實是二斗。

會像這樣展開時間移動，也是為了防患未然，不讓二斗失蹤。

我把她的未來看得比什麼都重要，那這次她要負責文化祭舞台，或許我該全力支持。

可是……

「……二斗跟我們是不同世界的人呢。」

六曜學長在兩年後的世界如此說道。

用自嘲般的語氣，彷彿下一秒就要落淚。

……天啊！我怎麼能置之不理啊！

看到那個人變成那副德性，怎麼可能丟著不管啊！

當然要幫忙！要助他一臂之力！

而且還莫名被激發類似母性本能的情緒！

就算不用我幫忙，二斗這次應該也能成功。只要好好努力作曲正式演出——光是這樣就能大殺四方。

所以……如果要讓一切完美收場——

如果不想讓六曜學長陷入絕望，避免二斗在這件事遭受打擊……真要說的話，還是選擇幫六曜學長比較好。

所以我才去應徵自由舞台的工作人員。

已經集結的執行委員會成員和負責統籌的六曜學長都熱情地接受我了。

可是……

「叛徒～！」

二斗狠狠瞪著我，嘟著嘴這麼說。

「坂本，你明明說會成為我的力量！還說什麼都願意做！」

我就知道會這樣～

二斗當然知道六曜學長會向她提出挑戰。

以整體狀態來說，應該就是我這個男朋友倒戈敵營了吧。

我想二斗當然也不會真的動怒。

畢竟她口氣中帶著幾分戲謔，但我心中確實對她有些虧欠。

「對不起啦……」

我縮起肩膀對二斗這麼說：

「我這麼做是有原因的，沒辦法啦，希望妳原諒我這一次。」

「可是……因為連萌寧都……」

但二斗真的有些落寞地繼續說道：

「連萌寧都去當工作人員了吧？只有我一個人被排擠……」

沒錯……沒想到五十嵐同學也一樣。

連同屬天文同好會，二斗的兒時玩伴兼好朋友的五十嵐同學，都加入了自由舞台的工作團隊。

「——是喔～坂本也去當工作人員啦。」

「——那我也試試看吧。」

「——千華也很努力嘛，我也想做點什麼。」

她就這麼隨意地決定要一起幫忙自由舞台。

老實說，我跟六曜學長都有點緊張，不懂五十嵐同學怎麼會來做這種事……

我猜……應該是因為只有自由舞台在徵求工作人員吧。如果主舞台也在招募人員的話，五十嵐同學應該會去那邊吧。

不過……她是自願要跟二斗在不同的地方工作。

一想到她以前會黏著二斗到反常的地步，讓我莫名感慨，覺得這孩子真的成長了。

所以……

「好啦好啦，雖然是這樣沒錯。」

我對一臉賭氣的二斗展露笑容。

雖然明白二斗的心情——但希望她能理解一件事。

希望她能明白，我沒有任何背叛之心，她才是我最重要的人。

「妳有任何問題我都隨時幫忙，現在也一樣，只要是我能做的事，我真的願意做！」

「……真的嗎？」

「真的啦！」

她眼神上揚望向我，我也強力主張。

「因為我對二斗的心意永遠不會變！這才是最優先也最重要的事！所以有任何問題都不要客氣，儘管跟我說喔？」

「……這樣啊。」

二斗開心地努努嘴巴。

「好吧……那就原諒你，你可以去幫忙自由舞台。」

「喔，謝謝妳。」

太好了，她好像同意了呢。

我當然也想卯足全力協助二斗。

如果她遇到困難，我也想當她的後盾。

往後要多加留意，別讓她覺得我只顧著幫自由舞台做事。

「那我現在就想請你做一件事……」

想了一會，二斗露出不懷好意的笑容看向我。

接著用淘氣的表情壓低聲音說：

「……可不可以親我一下？」

「怎麼又來了！」

「當然不是之後才親喔，我要的是現在……」

「不，怎麼想都不可能吧！我們在馬路上耶！還有同學在！」

「有什麼關係！你不是要我別客氣儘管說嗎！」

「也該有個限度吧！」

「……感覺後面有人在打情罵俏耶。」

我們正在爭論時——前方傳來充滿怨念的聲音。

「怎麼回事啊……明明是跟班上同學出來採購耶。」

「難道這裡有進入恩愛模式的情侶嗎……？」

我循聲看去——原來是西上他們。

我猜得沒錯，果然是西上、鷹島與沖田這三個熟面孔。

他們用陰沉的視線和地縛靈般滿是怨恨的表情往我們這裡看。

「我好像聽到親親之類的詞……」

「坂本同學，難道你……逼二斗同學在這種地方進行寡廉鮮恥的行為嗎？」

「不，我沒有！」

面對這莫須有的罪名，我再次放聲大吼。

「正好相反！是二斗在逼我！」

「咦～什麼意思？」

二斗的聲音表情都轉變成優等生模式——並露出為難的笑容。

「巡，你在說什麼呀，別在西上同學他們面前造謠好嗎～」

「對啊，坂本！二斗同學怎麼可能做這種事！」

「不准嫁禍給她！」

就說是相反了！是她嫁禍給我的！

是二斗把罪名轉嫁給我的！

儘管如此——這些話我也說不出口。

我們嘰哩呱啦爭辯個不停，繼續往採購的店家前進。

＊

・募集表演者

・會場交涉

黑板上寫著這些事項。

包含我和五十嵐同學在內，特別教室總共聚集了六個人。

今天是第一場「自由舞台工作人員會議」。

聚集在此的四位碧天祭執行委員＋我們兩人，還有總召六曜學長，這七個人要打造出自由舞台。

我稍微一瞥，發現每位參加者的幹勁不一。

我和五十嵐同學充滿幹勁，但有些學生一看就知道是被逼著來的，有些學生看起來很想早點回家。

也是……畢竟執行委員是每班強制派兩人參加的組織嘛。

當然不可能每個人都幹勁十足。

但現場的氣氛一點也不懶散。

站在講台上的六曜學長，指著黑板俐落地向我們說明：

「——我想把今年的自由舞台，打造成前所未有的規模！」

低沉響亮的嗓音響徹整間教室。

「最重要就是這兩項，募集優秀的表演者，還要找到比以前更寬敞的場地。雖然還有其他必要工作，但還是先從這兩項做起吧。」

嗯嗯，可以理解。

自由舞台每年都是在特別教室舉辦，和舉辦主舞台的第一體育館規模相差懸殊。雖說是特別教室，其實只是普通的空教室，不管有多少觀眾入場，上限也是五十人而已。

先解決這個「場地差距」，就是目前最重要的課題吧。

表演者也一樣。

相較於由學校挑選出每年成果傑出的文化類社團、個人或校友參加的主舞台，自由舞台則是以自願報名的演出為主。

品質方面也容易被主舞台拉開差距，所以今年還要積極挖角，募集更加優秀的表演者。

六曜學長似乎想以這兩項為出發點，打造自由舞台。

……順帶一提。

學長似乎沒對旁人表明「想贏過主舞台」這種攸關將來的話題。

學長的說法是「不，這只是我的個人私慾而已」、「不能把周遭的人牽扯進來」，對自己好嚴格啊～

「——總而言之。」

大致說明完畢後，六曜學長看向我們。

「接下來要把各位分成『表演者組』和『場地組』個別行動，有意願的話希望你們告訴我——」

——簡短討論完以後，就分好了各自負責的工作。

由我和五十嵐同學負責場地，包含六曜學長的剩餘成員則負責找表演者。

接著在各組召開個別會議時……

「我……好像知道一個能用的場地。」

「喔喔，真的嗎！」

聽到五十嵐同學這麼說，我忍不住大聲驚呼。

「哪裡？第二體育館嗎？還是武道場？」

「不對，都不是。」

五十嵐同學表情有些得意地「哼哼」笑道：

「學校裡確實是這兩個地方沒錯，但還是都贏不了第一體育館啊。還有其他更棒的場地候補。」

「其他場地候補……？」

五十嵐同學第一學期跟二斗發生爭執後，我竟然和她變成了推心置腹的知心朋友。

以我們現在的關係能像這樣輕鬆聊天，會跟她討論二斗的事，五十嵐同學會跟我討論與她感情升溫的男大學生——三津屋的事。

……沒想到我跟她會變得如此要好。

客觀而言，我是有點宅的普通理科男。

五十嵐同學是會在原宿一帶出沒的時下時髦女孩。

如果在第一輪高中生活聽到這種事，我絕對不會相信吧……

「學校旁邊不是區民活動中心嗎？」

「……啊、啊啊，對啊。」

「那裡有體育館喔。媽媽上芭蕾課的時候我有去參觀過，還滿大的。」

「啊～有！好像是一棟很大的建築！」

想起那棟建築後，我頻頻點頭。

緊鄰學校的杉並區民活動中心。

雖然有圖書館、育樂教室等諸多設施，但旁邊確實有一棟類似體育館的建築。

光看外表……好像比第一體育館小了一圈？

至少比校內的候補場地還能容納更多人。

「的確是不錯的地點，總覺得還有一種特殊感。」

「而且地點真的很近，不必花費太多心思就能移動過去吧？」

「對啊，再來就是能不能使用校外設施的問題……六曜學長～！」

我朝在另一頭開會的六曜學長喊了一聲。

「場地可以定在校外嗎？好像有個不錯的候補地點。」

「啊～校外嗎？應該沒問題吧。」

六曜學長轉過頭來雙手環胸。

「幾年前好像有類似的案例，舉辦變裝遊行的時候有走到附近的商店街。我會再找顧問確認，你們可以先去處理喔！」

「了解～！」

——就這樣。

自由舞台場地檢討組的目標，就決定是利用區民活動中心了。

首要之務就是展開交涉——

＊

「——啊～原來情況是這樣啊。」

隔天放學後，我們準備前往事前聯絡好的區民活動中心。

聽我說完大致情況，我身旁的五十嵐同學點點頭。

「要讓自由舞台贏過主舞台啊～」

「對對對，失敗的話，他好像就得放棄創業的夢想。」

「所以學長才會這麼努力呀～」

我說的就是六曜學長的目標。

雖然學長沒對旁人表明，但還是跟她說一聲比較好吧。

畢竟她一定會幫忙……之後我也想拚盡全力讓自由舞台變得盛況空前，所以也想讓五十嵐同學先知道這個理由。

而我猜得沒錯。

「那一定要支持六曜學長啊～」

她這麼說，臉上的表情帶著幾分決心。

「我本來只是抱著輕鬆的心態加入，搞不好會意外努力呢。」

「對吧？得鼓足幹勁才行。」

「是呀～老實說……」

說到這裡，五十嵐同學轉向我。

「再這樣下去，肯定會被一拳擊垮的。」

並用篤定的語氣如此斷言。

「目前對上主舞台應該毫無勝算吧？」

「……對啊。」

果然沒錯，站在客觀角度都會這麼認為吧……

自由舞台，顧名思義就只是一般學生自願報名的表演。

相較之下，主舞台是由學校選出的菁英登場，壓軸還是二斗。

以現狀來看根本不可能贏。

……但五十嵐同學居然二話不說就加入了六曜學長的陣營。

我有些意外，明明前不久她還對二斗那麼執著……

這個人已經好好放下二斗了吧。一想到她們這段嶄新的關係往後也能持續下去，喜悅之情便湧上心頭。畢竟我當時還介入此事出手幫忙，才更加欣慰。

只是——

「但千華的名氣已經不是學校名人這種等級了。」

五十嵐同學——如此延續話題。

「你知道嗎？其他學校的學生放學後會跑來這裡，只為了見千華一面喔。」

「咦，真的假的？有這種事？」

其他學校的學生……？

那不是時有耳聞的藝人軼事嗎！

「嗯，而且不只一個。這個月以來，光是我算到的就有十一個了。」

「十、十一個……？」

太多了吧！是萩尾望都老師（註：日本著名少女漫畫家）的名作《第十一人》嗎！

「要細數的話，有四個是隔壁的上荻高中，三個是杉並區內的學校，剩下的是其他區的學生。」

「是喔……」

「男女比例是九比二，而且所有人都知道她有男朋友。」

「哇～還有女孩子啊，而且還知道我的存在……話說，妳怎麼連這種事都知道？」

我有股不祥的預感，小心翼翼地問道：

「五十嵐同學，妳為什麼對這些人瞭若指掌……？」

不，退一百步來說，如果是疑似跟蹤狂的人，那當然會發現。

看到制服就知道是其他學校的學生，這也能理解。

可是……為什麼會知道男女比例跟就讀的高中？

正常來說不會查得這麼透徹吧……？

但聽到這個問題……五十嵐同學露出暗黑的微笑。

接著把音量壓得比剛才還要低沉，並用愉悅至極的口吻說：

「當然是因為我直接『調查』過啦……」

她用囁嚅般的聲音說道：

「比如服裝或長相各種細節，其中十個人的ＳＮＳ和住家地址也被我鎖定了……」

「咿……！」

「如果發生什麼意外，我必會『出手報復』，儘管放心吧……」

她身後飄散著一股暗黑的氣場。

感覺周遭的氣溫也驟降了十度左右……

對喔！

只要遇上二斗的事，她就會變得有點像跟蹤狂！

好恐怖，拜託別這樣啦。

根本是跟蹤狂（五十嵐同學）ＶＳ跟蹤狂（別校學生）嘛。

簡直是怪物對決……

……總之就是這種感覺。我們像平常那樣聊得不亦樂乎。

「……喔，到了。」

不知不覺就來到目的地——區民活動中心前了。

雖然話題跑偏了，但今天我們有要務在身……

我暫時歇口氣，大致觀察建築物外觀。

不愧是緊鄰學校用地，真的很近。

從校門口走過來應該不到一分鐘，但剛才的對話內容太恐怖了，體感上可能有五分鐘。

如果距離這麼近，大家應該不會介意到校外欣賞自由舞台吧。

所以……

「好……走吧！」

「嗯！」

我和五十嵐同學互相點點頭，一起走進那棟建築物。

交涉過程比想像中還要順利。

前來接洽的是一位跟我們母親年紀相仿的女性。

她對我們的要求十分配合。

「不錯呀，請務必利用本館！」

「嗯嗯，當然沒問題，這本來就是開放給所有區民使用的設施。」

她十分開心地傾聽我們的要求。

太好了～負責人這麼和藹可親！

老實說我本來不太敢跟這種公家機關交涉……

感覺會被臭罵一頓，或是態度冷漠不理不睬……

謝謝杉並區！職員的待客品質無可挑剔！

但還是有些注意事項。

「在先前的預約電話中也跟兩位說明過了，體育館並沒有隔音設備……」

職員小姐萬分歉疚地說。

「那個舞台應該會有使用音樂的表演者吧？」

「是啊……預計會。」

雖然尚未確定，但似乎會邀請樂團或舞團來表演。

這樣一來就會產生相當大的噪音，外圍也聽得見吧。

「所以……不好意思，麻煩兩位先跟周遭居民知會一聲。」

「沒問題，這件事交給我們處理。」

五十嵐同學露出高雅的笑容點頭同意。

「因為不能給周遭居民添麻煩……」

其實在預約電話中，職員就已經跟我們說明這個必要任務了。

所以我們預計待會就要親自登門拜訪解決這件事。

也已經依照學長的指示帶好點心禮盒，準備也萬無一失。

「——剩下的細項就日後再談吧。」

職員小姐送我們到玄關口並這麼說。

「跟周遭居民全部知會完畢後就能大致定案了。」

「好，麻煩您了！」

「之後再跟您聯絡。」

我和五十嵐同學鞠躬道謝後，就立刻去拜訪周遭居民。

和區民活動中心體育館緊鄰的住家總共超過十家。

雖然覺得今天一整天跑不完，但也不能止步於此。

「好～趕快解決這件事，把進度往前推吧。」

「對啊。」

我們互相點點頭，先往隔壁那間獨棟民宅走去。

照這個進度應該能馬上確定場地，進行下一個任務了，五十嵐同學！

＊

「……我們回來了。」
「場地組回來了……」
「哦～辛苦啦！」
幾天後，我們終於拜訪完所有鄰近住家。
看到我和五十嵐同學回到特別教室，六曜學長語氣爽朗地這麼說道：
「今天應該能全部搞定吧？那從明天開始就要請你們幫忙舞台的設置和募集表演者的工作嘍～」
學長這麼說並往這裡走來。
一樣是充滿自信的笑容和低沉嗓音。
教室裡的表演者組，有人在打電話，有人在用電腦，各自忙著手邊的工作。名單上列了好幾組候補的表演者，看來進展非常順利。
看著他們……

「那個……」

我用嘶啞的嗓音說：

「……不行耶？」

「啥……？」

六曜學長傻住了。

而我帶著難以啟齒的心情再次開口：

「……被拒絕了。」

「……真的嗎？」

「對，有一戶不肯同意。還說……希望我們不要舉辦……」

「呃，你們不是拜訪得很順利嗎！」

「原本是啊……」

我們確實取得了大部分住戶的同意。

基本上每個人都很和善，還有人鼓勵我們「要加油喔」。

只是……後半段拜訪的某間獨棟民房。

住在這棟看似新屋的居民，是一位年約七十的老奶奶。

「——不好意思，請你們控制音量好嗎？」

沒想到——她居然反對。

「文化祭是在週末舉辦吧？假日我想安靜休息。」

她的表情和服裝比實際年齡還要年輕。

讓人心想：「年輕時應該很受歡迎吧？」臉上帶著精緻妝容的這位老婦人，直截了當地對我們這麼說。

……我們當然沒有因為這次回絕而放棄。

我們過幾天又上門拜託好幾次，也特別注重禮儀避免失禮。

「——抱歉在百忙之中叨擾，我們是天沼高中的坂本和五十嵐……」

「——請問您今天有時間和我們談談嗎……」

這是我生平第一次用這麼禮貌的口吻跟別人說話。

而且不只一次，每次都有帶點心禮盒過來。

只不過……還是不行。

「——你們來幾次都一樣。」

老婦人——櫻田女士帶著為難的笑容這麼說。

「——不好意思，麻煩你們另尋場地吧。」

她說得直截了當，這樣區民活動中心可能也沒辦法同意讓我們舉辦。我和五十嵐同學束手無策，只能拖著沉重步伐回到學校。

「……哦～居然啊～」

六曜學長用力搔搔頭髮，一臉為難地說。

「也是啦，我們是拜託人的立場嘛～既然有人這麼說，那也沒辦法了……」

「……那要怎麼辦？」

我不知所措地詢問學長。

「場地……接下來要怎麼辦？」

呃，到底該怎麼辦啊……？

如果想贏過二斗，想召集到比主舞台更多的觀眾來自由舞台，就必須找到「寬敞的場地」。說穿了，如果沒有觀眾進場，不管怎麼努力都沒有意義。

找到能跟體育館抗衡的場地是勝負的一大前提，可不能在這種地方失敗啊……

「……我也想想其他方法吧。」

六曜學長神情苦澀地說。

「或許校內還有意想不到的好地點，或是租借當地的其他設施……」

「那我們……」

五十嵐同學一臉疲憊地繼續說著。

「我們再想想怎麼說服櫻田女士吧，只是希望可能不大……」

「……也好。」

雖然本人已經表明「不管來幾次都沒用」，但我們也只跟櫻田女士談過幾次而已，之後或許能找到讓她改變心意的方法，要放棄還太早了。

而我……

「……去找她商量吧。」

腦海中浮現出那傢伙的臉，感覺已經是「固定流程」了。

「這種時候……還是得跟她談談吧。」

或許是聽見我的嘀咕聲，五十嵐同學抬頭看向我，一臉不解地歪著頭——

＊

「——哎呀～這實在是……」

於是——我回到兩年半後的世界。

一如往常在鋼琴前等待我的那個女孩——真琴，有些傻眼地笑了笑。

「這種事找我商量也沒用吧？我又沒有說服鄰居的經驗……」

「……說得也是。」

此刻我才終於回過神，茫然地看著真琴。

金色頭髮、講究的妝容，表情像隻不親人的貓，還有一雙鳳眼。

她是我的學妹，也是我改寫高中生活的唯一幫手。

——芥川真琴。

她的坐姿完美融入了比第一輪高中生活更加多彩的社團教室。

「妳當然不會知道……抱歉，我有點太依賴妳了。」

「呃，是沒差啦。」

對我來說，找這傢伙商量已經不知不覺變成理所當然的事了。

她每次都能給我不錯的建議，又很會照顧人，我才會忍不住依賴她……也對，這種事問真琴她也不知道吧。

而且她願意像這樣配合我來社團教室讓我回到過去，就很值得感謝了。畢竟她特地在春假時空出一天來陪我。

真的太感謝你了，真琴小姐，Thank you……

「……但這下該怎麼辦啊？」

我茫然地抬頭看向窗外喃喃自語。

「有種回到原點的感覺，接下來該如何是……嗯？」
將視線轉回社團教室時，我發現一件事。
雖然沒有很誇張，但確實是引人注意的小變化。
「真琴……妳是不是瘦了？」
從上衣露出的脖子，袖子延伸出的手臂，裙子下方露出的修長雙腿。
整體好像都比以前……
「感覺整個人瘦了一圈……？」
我應該……沒有看錯。
記憶中的真琴沒有特別胖，但也不算瘦。
印象中是勻稱健美的體型。
但此刻眼前的真琴體型纖瘦，說是紙片人也不為過。
怎麼回事？她有減肥嗎？
我如此想，才用半詼諧的口氣這麼問。
「……呃，我沒有變瘦啊。」
真琴卻用疑惑的神情這麼說。
「咦，是嗎？」

「對啊，這陣子體重沒什麼變啊。」

「真的假的，是我看錯了嗎……」

不，總覺得不是這樣，真琴的確比我記憶中還要瘦。

我們總是膩在一起，應該不可能看錯。

只是……我想了想，馬上就理解了。

真琴確實變瘦了。

但不是跟以前相比——而是「跟前一個時間軸相比」。

由於我改變了過去，真琴的立場也跟最初發生了巨大的轉變。

以前跟我一樣「放學就回家」的真琴，現在是「天文同好會社長」。

跟最初相比，這間社團教室其實也變了不少，真琴的樣貌也連同時間軸一起改變了。

只是……

「……為什麼？」

「怎麼會瘦這麼多……」

我用真琴不會聽見的音量低聲呢喃。

目前我沒有在時間移動時做過跟真琴直接相關的改變。

過去的我沒有說過「妳是不是該減肥？」這種話，而且她壓根還沒考進高中，我們根本沒說過幾句話。

那……問題出在哪裡？

到底發生了什麼變化，才讓真琴變得比第一輪高中生活還要瘦……

「……那個……回到剛剛談的場地話題。」

真琴像是忽然想起什麼似的，對陷入沉思的我這麼說：

「有問題的那位是櫻田女士嗎？」

「……啊啊，嗯，沒錯。」

「你說她很漂亮吧，看起來時髦又開朗。」

「嗯，對啊。就是那種年輕時應該很受歡迎的人，不對，搞不好現在也很受歡迎。」

「既然如此……」

真琴的表情帶著幾分試探。

「我這邊好像有個不錯的人選可以商量。」

然後——她對我這麼說道：

「我想請學長見一個人……」

＊

於是我又回到兩年半前的世界。

跟真琴推薦的「商量對象」談過的幾天後……

「——您好～」

我跟五十嵐同學再次拜訪櫻田女士家。

「不好意思，我們是天沼高中的坂本和五十嵐。」

「抱歉連日來叨擾……最後能不能請您再跟我們談一談呢……」

我和五十嵐同學對著先前講過好幾次的對講機這麼說。

最後再一次，沒錯，我確實把今天當成最後的機會。

開始交涉場地後已經過了一週以上。

不能繼續在這裡浪費時間了。

如果今天失敗，就要放棄使用區民活動中心，開始處理下個工作才行。

『……真拿你們沒辦法。』

說完，櫻田女士就關閉對講機，室內也傳出有人移動的聲音。

聽著這個聲音，我有種心跳加速的感覺。

究竟會如何呢……交涉能順利進行嗎？

那位「商量對象」替我們想了一個主意。
這次到底管不管用呢……
「——來，兩位好，今天是最後一次嘍。」
門打開後，櫻田女士探出頭來。
她依然將髮型梳得整整齊齊，也帶著全妝。
神情清朗，即使年齡稍長，也能一眼看出她是「陽光開朗型」。
「但我可不會改變心意喔，這件事——」
不過——她的眼神移向我和五十嵐同學身後。
接著有些驚訝地睜大眼睛。
「——哎呀，幸會。」
櫻田女士笑逐顏開。
「你是坂本同學他們的……學長嗎？」
「沒錯。不好意思，他們來拜訪您這麼多次，我也想主動跟您打聲招呼。」
用隨興口吻這麼說的人——是六曜學長。
「我叫六曜春樹，也是文化祭的執行委員長。」
在我們身後的不只是學長而已。

「嗨～我是春樹的朋友！」

「他找我們一起過來，我們就來嘍！」

學長的兩位朋友活潑開朗地高聲說道。

一位是走辣妹風格的中曾根學姊，一位是活潑健談的眼鏡男平田學長。

他們明明不是文化祭執行委員，只是普通朋友，卻還是參考了「那個建議」來到這裡。

……沒問題嗎？

我至今仍半信半疑地觀察櫻田女士的反應。

這麼一大群人不請自來，而且還是這麼誇張的人……

我心想：她會生氣嗎？態度會更強硬嗎……？

「哎呀哎呀，來了這麼多人呀～！」

——沒想到櫻田女士臉上帶著幾分愉悅。

不僅如此……

「這樣就不方便在玄關站著聊了呢，快進來吧，千萬別客氣。」

說完，她就招招手請我們進家門。

「嗚哇，真的可以進去嗎？」

「太棒啦～打擾了～」

「呃，妳動作太快了吧，中曾根。」

學長姊們邊聊邊走進玄關。

——這種狀況還是第一次。

過去只在玄關跟我們談話的櫻田女士。

這個人……居然會邀我們進家門。

面對這意外的發展，我和五十嵐同學互看了一眼，便隨著三人一起進門拜訪。

他們從一開始就聊得不亦樂乎。

「——你們不覺得這個家超豪華嗎？」

「對呀～而且這間和室也超讚的～」

學長姊的態度放鬆到根本不像第一次來訪。

六曜學長盤腿坐著，平田學長正在欣賞庭院。

中曾根學姊則直接把腳伸直靠在榻榻米上。

這樣真的好嗎……我跟五十嵐同學都乖乖跪坐著耶……

只是……

「對吧？」

櫻田女士喝著端出來招待我們的茶，滿臉寫著驕傲。

「這是我兒子努力蓋的，而且還為了我蓋得這麼漂亮。」

「真的假的！」

「是兒子蓋的喔！太孝順了吧！」

「對呀～」

……氣氛超級熱烈。

聊天氣氛怎麼這麼熱烈啊……

學長姊真厲害，在年紀這麼大的人面前也能如此隨興。

我跟五十嵐同學明明這麼拚命……

然後——

「對了，就是我們的文化祭啊。」

六曜學長用極其自然的輕快語氣和笑容開啟話題。

「有這麼氣派的一棟房子，當然不想被噪音干擾嘛。」

「就是啊。」

或許是有人理解自己很開心吧，櫻田女士頻頻點頭。

「以前我也很喜歡聽音樂啦，但最近真的好累，所以還是希望你們能克制一點，真不好意思。」

「原來如此～那確實沒辦法呢。」

六曜學長先予以認同。

但他仍自然延續文化祭的話題：

「——可以的話，我想打造出能讓所有學生記得一輩子的祭典。」

「——喏，人生畢竟只有一次嘛，高中生活也只有三年呀？」

「——自由舞台也是想玩的人才會上台表演，所以我想做出最好的成果。」

老實說——內容本身跟我們的說明沒有太大差異。

我們在文化祭付出了多少心力，又有多麼拚命。

六曜學長從頭到尾都用輕鬆的語氣述說這些事。

櫻田女士也用閒聊的態度接續這個話題。

「——是呀，我學生時期也是這樣。」

「——嗯嗯，我最近也常常覺得人生只有一次。」

「——真好呀，像這樣大夥聚在一起玩個痛快。」

結果——像這樣聊了一會。

「嗚哇，這點心好好吃……」

中曾根學姊吃了招待的茶點後如此驚嘆。

「咦，真假？」

「我也要吃。」

平田學長和六曜學長也跟進。

「嗚哇，超讚的～」

「真的耶，哇～原來和菓子也這麼好吃啊。」

並發出如此讚嘆。

看到學長姊的反應後——

「……好啦，這次就同意你們吧。」

櫻田女士——忽然說了這句話。

「就同意你們辦舞台活動吧。」

……咦？我瞬間僵在原地。

——就同意吧。

我們應該等這句話很久了。

但實在太過突然，我沒能馬上聽懂她的意思。

學長姊的態度卻依舊輕快。

「……哦，真的嗎！」

「咦～可以嗎？您怕吵吧？」

「是沒錯……但看到你們因為這些小點心就開心成這樣，就覺得讓你們試試也無妨。」

「嗚哇～真的假的！」

「謝謝您，櫻田女士！」

學長姊興奮得不得了。

六曜學長開心極了，平田學長雀躍不已。

中曾根學姊則緊緊抱住櫻田女士。

我和五十嵐同學看著他們的反應——嚇傻了。

眼前這一幕把我嚇得不知所措——

……雖然取得同意了。

雖然遵循商量後的結果……真的取得了同意。

「——你們是不是太拘謹了啊？」

這是——「商量對象」提出的建議。

可能是因為坂本跟五十嵐太敬重對方，態度太生硬了吧。

所以才會跟對方的心拉開距離，得不到正面的回應。

用更親暱的態度跟對方聊天，就能改變她的答案吧。

……老實說，我沒辦法完全接受這個意見。

這麼做真能改變對方的答案嗎？

我真的不認為這是問題所在……

但其實……這位「商量對象」也有祖母，如果年輕人用輕鬆的態度和她相處，她就會非常開心。

「──我其實對年齡增長沒什麼感覺。」

祖母似乎常把這些話掛在嘴邊。

「──但年輕人對待我的態度改變之後，我才真的覺得自己老了。」

「──這讓我有點落寞。」

如果櫻田女士是時時刻刻都體面亮麗的人，那帶幾個跟她同類型的人輕鬆聊聊天，或許能改變她的想法──「商量對象」提供了這個意見。

和櫻田女士同樣開朗又時髦的人……

那不就是六曜學長和他周遭的朋友嗎？

所以我對六曜學長表明此事，請他今天帶幾位朋友跟我們一起來說服櫻田女士。

「——今天真的很感謝妳。」

話題結束後，六曜學長用跟朋友說話的語氣這麼說。

「真的很高興能取得妳的同意，我們會送邀請函給妳喔。」

果然在我看來，這種說話方式確實有些失禮。

「哎呀～真的嗎？」

櫻田女士反而笑容滿面地說：

「那我要不要去看看呢？一直窩在家裡也無聊嘛。」

「咦～來嘛來嘛！」

「我們會準備特等席等妳喔！」

……真的解決了。

依照「商量對象」的建議，真的成功了……

我看著眼前的景象不禁茫然。

當然……「那傢伙」只是個普通人，也可能只是歪打正著而已，本人也沒有堅稱：「一定是這樣！」

可是……嗯，「她」果然很可靠。

幸好她願意當我的夥伴，也幸好有對她據實以告——我回想起當天的情景，深深嘆了一口氣。

*

——那天。

「有、有什麼事嗎……」

真琴建議的那位「商量對象」——在我面前一臉緊張的模樣。

「怎麼忽然要找我聊……」

我把那人約來咖啡店。

「商量對象」這麼說著——那頭烏黑短髮也不安地晃了晃。

身材嬌小，總是充滿戒備地緊閉雙唇。

然後表情像是不親人的貓，還有一雙鳳眼——

——就是真琴。

我來找兩年半前還是國中生的芥川真琴商量。

未來的真琴說：

「祖母在我國中時去世了。」

「當時我是祖母帶大的，也經常跟祖母的朋友玩在一塊。」

「我覺得那時的我應該能跟你談談。」

原來如此，聽起來確實滿可靠的。

順帶一提，升上高中後，真琴已經不太記得當時的事了。

正因如此……真琴才覺得我不該跟現在的自己，而是過去的自己商量。

我也覺得有道理。

能理解未來的真琴為何會推薦過去的自己跟我商量。

畢竟先前我自己也跟過去的真琴簡單談過幾次，也知道她很可靠。

只是……我還是有點卻步。

過去的真琴應該會覺得有點害怕吧。

朋友的高中生哥哥居然找自己商量這麼沉重的事。

明明沒有很熟，卻連自己祖母的事都要問。

還沒升上高中的國中女孩碰到這種狀況，應該會特別提高警戒吧。

所以我——做了個小小的深呼吸。

再次握緊拳頭，試著告訴她：「其實我有話想跟妳說。」

我想在那之前跟真琴說說「那件事」。

想對她坦承那個尚未提及的重大祕密。

順帶一提……建議我說出實情的人也是未來的真琴。

難度雖然很高，但她一定能接受。

過去的真琴應該能明白我這「超乎常理的事實」。

所以——

「……我來自未來。」

我戰戰兢兢地對眼前的真琴這麼說。

「我來自三年後的未來，妳會變成我學妹的那個未來……」

聽到這句話，真琴瞪大雙眼。

她張著嘴好一陣子，用完全不明所以的態度——

「……啊？你在說什麼？」

她有些傻眼地問。

「來自未來……到底是什麼意思……」

「——要不要跟她坦承一切？」

未來的真琴這麼說。

「——包含時間移動的情形，全部跟她說清楚。」

「……咦，全部？」

超乎想像的提議讓我不禁瞪大雙眼。

「呃，這未免太離譜了吧！她怎麼可能會相信，就算相信也會拖累她吧……」

「不，話是沒錯啦。」

真琴雙手環胸，若有所思地說：

「可是……如果你有所隱瞞，當時的我應該不會幫你。」

「是嗎……」

「是啊，畢竟是我本人說的。」

「……有道理。」

「如果你對她據實以告，她反而會全力幫忙，也會看得像自己的事一樣重要。我有一個好方法……希望你試試看。」

有了這個原因，我才決定對過去的真琴坦承一切。

畢竟我也想不出其他方法了，這麼做應該也不會導致某些情況走向失敗。

而且……承認吧。

內心某處也藏著這股渴望。

我一直——想要找個夥伴。

在改寫過去的過程中，想找個能坦承一切好好商量的夥伴。

二斗、五十嵐同學和六曜學長都是我重要的夥伴，但在這個時間軸中，沒有人能跟我討論時間移動的事。

既然如此，目前就只有真琴可以傾訴了。

畢竟她兩年半以後也會知道這一切，對時間軸的影響應該不大。

所以——

我才決定將時間移動的祕密告訴過去的真琴。

只是……

「……不不不。」

眼前的她——國中生真琴理所當然地一臉詫異。

「呃……是宗教勸誘之類的嗎？那不好意思，我現在有點忙……」

說完，真琴就起身離席。

「我先走了……」

低頭一鞠躬便匆匆離開。

……我就知道會這樣。

被朋友的哥哥約出來，又聽到來自未來的可疑言論，當然會懷疑接下來是「奇怪的宗教勸誘」吧。到目前為止都在我的預料之內。

所以——

「——『VTuber惡田魔子斗的魔魔頻道』……」

——我輕聲低喃。

用真琴勉強能聽見的音量悄聲嘀咕。

真琴頓時肩頭一震僵在原地。

看了她的反應，我再次開口說道：

「降臨人界的惡魔系VTuber，直播內容主要是閒聊……粉絲名是小惡魔……」

唰！

真琴——臉色驟變轉過頭來。

但我依舊說個不停……！

「SNS的標籤是『#魔子超惡魔』，繪圖的標籤是『#魔子地獄繪圖』，R—18色色圖的標籤是『#魅魔魔子』——」

「——嗚哇啊啊啊啊啊啊！」

——被堵住了。

我的嘴巴被衝過來的真琴——用手堵住了。

「你、你你你！你怎麼知道！」

真琴極度混亂地逼問我。

「這些事只有我知道才對啊……學長為什麼會知道！」

只有我知道……

呵呵，那還用說，妳嚇死了吧。

國二短暫做過一段時間但馬上放棄的VTuber活動。

當時跟她毫無交情的我，怎麼會知道這種事呢……

「……真琴，我是聽妳自己說的喔。」

我露出一抹無畏的笑容對她說：

「兩年半後的妳告訴我……『跟她說這些就會相信了』！」

——聽到「我來自未來」這種話，任誰也不會相信吧。

而且對方是沒什麼交情的學長，只會覺得毛骨悚然想立刻結束話題。

所以……未來的真琴才把「做過ＶＴｕｂｅｒ活動」這個只有她知道的祕密告訴我。

雖然已經是高中生，但對本人來說還是不堪回首的黑歷史，所以她是紅著臉告訴我的。

不過……我還是覺得有點不可思議。

不太懂她為何要如此犧牲，只為了讓過去的自己和我見面。

總而言之，我得到了真琴的祕密，像這樣對過去的她攤牌。

「……原來、如此。」

真琴似乎還很震驚，搖搖晃晃地坐了下來。

然後——

「……雖然、還有點摸不著頭緒，沒辦法完全理解……」

慎重地說出這句開場白後，真琴抬頭看向我。

才用放棄抵抗的嗓音這麼說：

「但總之……我還是先聽聽你怎麼說比較好吧？」

＊

數十分鐘後。

「——謝謝妳，我會照妳的方法試試看。」

「不會，能幫上忙就好……」

得到「用輕鬆的態度聊天」這個建議之後——

真琴這麼說，並長嘆一口氣。

「……其實我還是沒辦法完全相信，雖然難以置信……」

接著她用吸管「簌簌」地吸著杯中剩下的水。

「但我開始覺得……好像也不無可能了。」

我對真琴——大致說明了我至今的經歷。

只剩下我們倆虛度光陰的第一輪高中生活。

當時的前女友二斗失蹤，而我重新經歷高中生活。

成功讓二斗慢慢遠離不幸的未來。

還有——未來的真琴一直在我身邊提供協助。

真琴彷彿對這些事相當意外，聽我說話時視線總是游移不定。

現在心中似乎也充滿動搖。

「……妳當然不會相信了。」

我也忍不住輕笑出聲。

「像這樣從別人口中聽到自己高中時的模樣，當然很難相信。」

「對呀，而且我還染了金髮啊？適合我嗎……」

「非常適合喔。」

我回想起未來的真琴並這麼說：

「該說很帥氣嗎？其實我覺得妳那樣很可愛。」

聽到這句話——真琴微微睜大眼睛。

「……這樣啊。」

她露出有些驚訝和恍惚的神情。

但又立刻別開目光，捏起自己的一縷髮絲。

「那……我要不要試試看呢？既然國中沒辦法，那就等畢業……」

「不，在高中也是違反校規啦。」

「也對，但我開始有點好奇了。這樣啊，金髮……」

「——啊～找到了～！」
就在此時——店門口傳來聲音。
熟悉的高亢音調，如歌唱般愉悅的口吻。
我循聲望去。
「喂～巡～！」
就看見正在揮手的二斗。
其實跟真琴見面之前，我就跟二斗說過要向真琴坦誠時間移動的事了。
也有跟她說會在這間店談話。
二斗有自己的循環，也知道我時間移動的事。
如果要對真琴坦承我能時間移動，還是先跟二斗報備一聲比較妥當。
……順帶一提，我沒有特別對真琴說出二斗循環的事，畢竟跟這次的事件無關，添加多餘的情報應該會讓她更加混亂。
「怎麼了？妳也想見真琴嗎？」
來到我們身邊後，二斗手扠著腰，臉上帶著一抹愉悅的微笑。
「嗯！常聽你提起她嘛！而且如果時間剛好，我想跟你一起回家。」
「這樣啊，正好談完了就一起回去吧……對了，妳們在這個時間軸是第一次見面吧。」

我拿起帳單，將視線移向表情有些僵硬的真琴。

「這個人就是我剛剛說的二斗千華喔。那個，我們正在交往。」

「妳好！在這裡是初次見面唷！」

說完，二斗就露出優等生模式的燦爛笑容。

「我叫二斗千華，請多指教。」

「……是，請多指教。」

真琴低頭一鞠躬，感覺戒心有點重。

「我叫芥川真琴……」

「巡常跟妳商量事情吧？謝謝妳。」

「……不會。」

真琴點點頭，視線卻始終盯著桌面。

……妳的態度很像在外人面前裝乖的小孩耶，真琴。

不過也是，陌生大姊姊忽然對自己表現出友善的態度，當然會嚇得不知所措吧。

而且二斗一看就是「活潑開朗」的類型，連髮色也是這種感覺。

如果放著不管，這兩人應該也不會變成好朋友吧。

大致聊了幾句後，我們到櫃檯結帳。

二斗先到店外面等我。

正在結帳的時候……

「不過……」

真琴低聲呢喃道。

「嗯？」

「一開始只有我跟學長兩個人啊……」

「……啊啊，妳說天文同好會嗎？」

「是啊……」

「嗯，沒錯。」

我回想起那段無可奈何虛度光陰的日子，忍不住苦笑。

「當時真琴似乎也打從心底覺得無聊呢。但是別擔心，現在妳身邊有很多有趣的人，像是二斗、五十嵐同學和六曜學長。」

「這樣啊……」

說完，真琴視線低垂。

接著把音量放得更低。

「……可是我覺得，就算只剩我們倆，跟學長一起虛度光陰……」

她用幾乎快聽不見的顫抖嗓音這麼說。

「這樣的未來，我覺得或許也不算太糟……」

【小插曲二】

「——好，很順利……」

深夜，我坐在自家房間的書桌前。

將挖角中的候補表演者給的答覆整理完畢後，我點了點頭。

「這樣就能確保基本班底了，再來就是選出自願徵選的表演者……」

「——春樹，你還沒睡嗎？」

走廊上傳來母親的聲音。

「你已經熬夜好幾天了吧，我懂你的心情，但要斟酌一下做事方法啊。」

「啊啊，我知道啦。」

我依舊面對書桌如此回答。

當上文化祭執行委員長以來，我確實都像這樣，在家裡也工作到很晚。

從工作人員的配置，到候補表演者的選拔和宣傳規劃。

畢竟是跟那個二斗對戰，不管怎麼準備都不嫌多。

而且……

「嗯……已經一點啦。」

看到時鐘早就超過凌晨十二點，我不禁一笑。

我對這樣的努力並不排斥。

從小就是如此。

鞭策自己，發揮能力。

超越旁人全力奔走，取得壓倒性的結果。

這麼做——帶給我難以自拔的快感。

這種想法……是小學時期浮現的，契機是跟某個同班同學比賽五十公尺賽跑。

那個經驗造就了如今的我。

我相信往後也會引導我繼續前進。

所以……

「……好，再拚一拚吧。」

我操作電腦，關閉表演者名單。

開始看起已經準備完畢，再來只要對外張貼的「徵求自願表演者」海報。

……我不經意看向窗外那片昏暗的住宅區。

卻有幾處還亮著燈——

——此刻那傢伙，我必須打敗的天才ｎｉｔｏ。

是跟我一樣正在努力，還是悠悠哉哉地睡大頭覺？我心中不禁浮現出這股疑問。

第三話 chapter3

【華麗光暈】

「——所以場地已經確定，挖角的表演者也定案了。」

在校園內靠近停車場的空地上。

六曜學長用手機確認資料並這麼說。

「一覽表已經用郵件寄給你們了，再來就是跟每一組表演者打聲招呼看看狀況，你們要好好記起來喔。」

「好喔～」

「了解！」

聚集在此的自由舞台工作人員紛紛開口回答。

每個人的情緒和動力依舊渙散不一，聲音參差不齊。

我也回了聲：「明白了～」並再次確認郵件。

・FLIXIONS（嘻哈舞團）

・OBORO月夜（開始在Live house進行演出的樂團）

・波坦金戰艦（目標是通過M—1預賽，想當諧星的雙人組）

・吾妻綺羅羅（在TikTok上小有名氣的女學生舞者）

表演者組提出候補名單，挖角後同意演出的就是這四組。

在我看來，邀請這幾組人確實合情合理。

雖然因為二斗一枝獨秀而被埋沒，但這間學校裡有很多學生都在進行表演活動。

不但有音樂、戲劇，還有畫漫畫跟跳舞的學生。

而且都有做出不錯的成果，也經常在學生之間引發熱議。

所以名單上這些預定表演者我也都略知一二，忍不住安心地想「原來如此，確實有掌握到要點」。

以自由舞台的概念來說，這大概是最完美的人選了。

此外還會追加總計五組的公開徵求表演者。

預計會有將近十組人選登台演出。

「那就先從諧星雙人組，波坦金戰艦開始吧！」

說話的同時，六曜學長也邁開步伐。

「聽說他們經常在體育館後方練習，好好觀察他們的狀況吧！」

＊

於是——我們來到波坦金戰艦的練習地點。

在簡單的問候之後。

他們所表演的……居然是以真的在天沼高中任教的老師為題材的短劇。

「小短劇，絕對要讓人守規矩的教務主任——東VS不准學生死守規矩的學年主任——田村。」

「……喂～等等等！給我等一下！」

「啊～怎麼啦？」

「你給我睜大眼睛看清楚！現在是紅燈吧！可以過嗎！」

「你～在說什麼啊？你看！有隻小貓在馬路中間發抖耶！」

「你不把我的話當一回事嗎！」

「得去救牠才行吧！」

「但現在是紅燈耶！當然不能過啊！」

「你～在說什麼啊！這攸關小貓的性命耶！」

「但這是規矩啊！紅燈可以過嗎！」

「搞什麼！你是規矩魔人喔！這樣在社會上混不下去喔！」

……

……

……大爆笑。

所有自由舞台的工作人員都大爆笑。

哎呀我懂，這是圈內笑點吧。

成天把規矩掛在嘴邊的教務主任，希望學生自己做判斷的田村老師。

讓這兩人碰頭後吵個沒完，可說是相當直接的圈內笑點。

如果不認識他們可能會覺得很無聊，不清楚他們的語調特徵也會看得一頭霧水。

不過……卻充滿了校慶的氣氛。

充分運用前來觀看的學生也是圈內人的特性，只有天沼高中的學生才笑得出來的題材。

這應該是能把控全場的絕佳選擇。

不過他們模仿得好像啊，教務主任和田村老師的口氣真的是這樣……

「哎呀～！謝謝你們！還好你們肯捧場……」

表演完一段後，波坦金的吐槽擔當——志摩露出安心的表情。

然後負責裝傻的遠山也拿出毛巾擦汗。

「在表演當天前我們會再想幾個題材！比如直覺超敏銳的千代田老師ＶＳ不會撒謊的南原老師！」

「很好，我會拭目以待。」

六曜學長這麼說，在他們面前用力點點頭。

「當天——就請你們盡情炒熱觀眾席吧。」

＊

「——那就請各位欣賞我的舞蹈！」

隨後我們來到南校舍的樓梯間。

「雖然有點害羞……但我會加油的！」

前段時間在ＴｉｋＴｏｋ爆紅的高二生。

吾妻綺羅羅學姊（本名）用動畫聲線這麼說。

啊～原來如此，是這種感覺的人啊。

該說是喜歡御宅文化嗎？還是跟我聊得來呢……

因為這種女生在我身邊意外地少，對我來說非常新鮮，有點想跟她做朋友。

正當我如此心想時，她已經用手機播放音樂。

喇叭傳出某位VOCALOID歌手的曲子。

歌手用甜美的歌喉，演唱出為女孩的戀情加油的曲子。

吾妻學姊也開始翩翩起舞。

「哦、哦哦……！」

看到她的舞姿——我忍不住發出驚嘆。

——輕飄飄的裙襬。

——時而對觀眾比出可愛姿勢。

——笑起來就能看見嘴裡的潔白虎牙。

太心機了。

幾乎讓人瞬間就移不開目光——這個舞蹈充滿了心機！

超乎想像的破壞力，讓周遭的自由舞台工作人員也開始鼓譟。

「這可真是……」

「好可愛啊～佩服佩服。」

「難怪會爆紅……」

真沒想到我會看得這麼目不轉睛。

該怎麼說……她徹底掌握了自己看起來很可愛的每個瞬間。

雖然使出精湛技術將「可愛」二字發揮得淋漓盡致，感覺卻不讓我們看見背後的努力。

這個真不錯，好想看一輩子……

好想在準備考試疲累的時候無限回放欣賞……

吾妻學姊值得推……

正當我如此心想時——

「……唔！」

忽然間——

我感受到身旁傳來絕對零度的視線。

絕對不是錯覺，這是帶著重量及銳利，來自某人的明確意志——

我戰戰兢兢地轉過頭。

「……我要告訴千華。」

就發現五十嵐同學用鄙視穢物的眼神看著我。

「我要告訴千華，坂本對要上台表演的可愛學姊露出色瞇瞇的表情……」

「……等等！拜託不要！」

五十嵐同學立刻拿出手機點開ＬＩＮＥ。

我急忙出手制止，用盡全力向她辯解。

「我、我是平常心！只是在確認表演者的演出內容而已！」

＊

——接下來我們又欣賞了樂團ＯＢＯＲＯ月夜，及舞團ＦＬＩＸＩＯＮＳ的演出。

以高中生來說，兩者的演出都具備了相當高的水準。

在我這種外行人眼中，感覺跟職業沒什麼太大差異。

其實ＯＢＯＲＯ月夜已經在都內的Live house演出，ＦＬＩＸＩＯＮＳ也聽說參加過好幾場比賽。

不僅如此，這兩組也都對登台演出充滿幹勁。

「——我們非常期待，還準備了新歌喔！」

「——一定會讓現場嗨翻天。」

「——畢竟是六曜的請求嘛～」

「——那當然要全力以赴！」

他們用充滿熱情的語氣這麼說。

似乎已經和六曜學長建立了信賴關係。

「哇～每一組表演者都很精彩耶……」

拜訪完表演者，我們回到特別教室。

其他工作人員回家後，我、五十嵐同學和六曜學長三人聊起這件事。

「本來還很擔心是哪些人要上場表演，能不能把區民活動中心塞滿，看樣子應該不用心煩了。」

「對啊，我也覺得找了一群厲害的傢伙。」

正在用電腦工作的六曜學長也點點頭。

「表演者和場地都已經盡力解決了，但還是出了點差錯。」

「什麼差錯？」

「啊～其實……」

聽我這麼問，六曜學長搔搔頭髮。

「我想了很多宣傳的方法，後來決定利用校內廣播打廣告。比如在午休時間開設專為碧天祭打造的廣播節目，在節目中拚命宣傳自由舞台的廣告。」

「喔喔！好主意！」

我反射性地大聲讚嘆。

「這樣或許能讓許多學生知道舞台資訊，我們一定要試試看！」

天沼高中明明有廣播委員會，不知為何沒有午休時間的廣播節目。

那就請他們幫忙在午休時間開設節目，我有預感能帶來相當驚人的宣傳效果。

可是……

「……教務主任說想安靜吃午餐。」

六曜學長有些不甘心地說。

「所以不准開設午間廣播，也不讓我們做宣傳節目。」

「什麼……」

教務主任……就是波坦金戰艦模仿的那位東老師。

感覺他的確會說「你們不想安安靜靜吃午餐嗎！」這種話，但怎能因為個人喜好限制學生的活動……

「我完全不能接受，堅決不肯退讓……結果和他大吵一架。」

「咦？真的假的……」

「他在教職員辦公室對我破口大罵，我也氣得出言頂撞。抱歉，但午間廣播應該不可行了。」

「這樣啊～那就沒辦法了……」

「所以得先想出更多宣傳點子才行，否則就完蛋了。目前也沒有能一舉提升知名度的絕佳妙案。」

「那要不要找表演者幫忙呢？」

五十嵐同學若有所思地說。

「他們有一定的號召力，如果知道六曜學長的難處，一定會出手幫忙的！」

「哦哦，這招不錯耶！」

聽了這個提議，我下意識點頭同意。

「每個人都滿有名的嘛！」

他們會在網路上活動，也累積了不少粉絲。

如果這些粉絲願意來捧場，那就安心多了。

而且他們似乎已經跟六曜學長建立起信賴關係，只要六曜學長告訴他們「其實這場舞台攸關我的未來」，他們肯定會傾力相助。

似乎值得一試。

不過……

「……不行啦～怎麼能推到他們身上呢。」

六曜學長神情嚴肅地說。

「跟舞台工作人員一樣，想聚集人潮純粹是我個人的私心。他們光是願意上台表演，我就很感激了，沒道理讓他們扛更多責任。」

……啊～原來是這種感覺啊。

六曜學長到現在都沒對工作人員表明「自由舞台攸關自己的未來」這件事，看樣子他也沒打算告訴表演者。

或許他從頭到尾都只想靠自己的力量達成目標吧。

「嗯～這樣啊……」

五十嵐同學的表情似乎不太服氣。

我的想法則是：「呃，總之就先說說看不行嗎？」

現在也沒有其他宣傳點子了。

不過……沒想到這個人這麼固執呢。畢竟他想讓父母看到「自己能幹的一面」，確實也能理解他的心情啦。

「總而言之～」

六曜學長做出結論。

「抱歉駁回了你們的提議，但我希望能想想除此之外的宣傳方法，如果兩位願意繼續幫忙，那就太感謝了！」

「了解！」

「好～我會再想想看。」

「我還有另一件事想跟你們一起完成……」

拋出這個前提後，六曜學長露出不懷好意的笑。

「明天……稍微陪我一下吧。」

並用低沉的嗓音對我們這麼說。

＊

「——你說是偵察……」

隔天，文化祭執行委員會據點所在的教室。

我忍不住對站在眼前的六曜學長輕聲嘀咕：

「我以為行動會更加隱密……」

「不不不，沒必要躲起來啊，又不是在做壞事。」

六曜學長轉過頭，態度光明正大地說。

「跟副委員長確認進度，是委員長該做的事吧？」

這間教室裡有許多人正在緊鑼密鼓地進行準備。

離碧天祭正式開幕只剩一個月了。

執行委員們正在細查各班的展示內容，將教室的使用申請分門別類，確認各部門進度，而六曜學長穿過人群——來到二斗身邊。

「——二斗，主舞台的進度如何？」

「——能讓我看看表演者的影片嗎？」

用直截了當的口氣對她這麼說。

呃，學長說得確實沒錯啦……

這不是劍拔弩張的戰爭，六曜學長也是碧天祭的總召，當然要做這些確認。

我原本以為是要偷偷摸摸地偷看，所以有點出乎意料……

於是二斗也——

「對，這部分我正好也要跟你回報！」

說完，她就把電腦轉向我們。

「已經確定是這三組表演了！」

・本校管樂社演奏
・戲劇社校友會的舞台劇
・nito的現場演奏

演出陣容——就這麼單純。
相較於我們多采多姿的表演者名單，主舞台的名單相當精簡。
只是……
「嗚哇……」
一旁的五十嵐同學不禁感嘆。
「果然是這種感覺啊……」
確實是……預料中那種經典又強勢的演出陣容。
在學校主導下，要打造出「精彩的舞台」，就會是這種陣容吧。
首先是本校的管樂社。
印象中是全國大賽的常勝軍，先前還有電視台來採訪。
每年的定期演奏會都盛況空前，人多到區內演奏廳必須採用站席的程度。
在社團教室時偶爾也能聽見他們的練習聲，卻明顯能聽出每個人都是技術精湛的好手。

「順帶一提，他們應該會演奏這類型的音樂。」

說完，二斗又操作電腦播放音樂。

沒想到播放的——竟然是流行音樂。

我一直以為應該會演奏古典樂……但影片裡的演奏者中還可以看到爵士鼓和電貝斯。

我聽了一會才發現，他們演奏的是某部知名電影主題曲的管樂改編版。

「還有這種類型。」

二斗操作電腦後，這次播放的是時下流行樂的管樂版本。

如果只是隨意改編可能太過通俗，但他們憑藉精彩的演奏技巧和巧妙編曲，聽了完全不會尷尬。

這……應該能炒熱氣氛吧。

如果演奏艱澀的古典樂，只會讓人一頭霧水，但如果用輕快活潑的方式演奏大家熟知的樂曲，聽眾應該也會很開心。

「然後，這個戲劇社的校友會雖然是第一次在碧天祭登台，但已經頗有職業劇團的架勢了。」

「哦……」

六曜學長雙手環胸，仔細盯著螢幕。

播放的似乎是他們最近舉行的公演畫面。
在某個劇場展演，以現代為舞台的戲劇——
其實這組團體在校內也是赫赫有名。
起初只是以校友會的名義發跡，但演出的原創實驗戲劇大受歡迎，才決定繼續發展。
偶爾也會回母校天沼高中擺放宣傳單或招待券。
而他們的演出水準——也相當驚人。
隔著螢幕都能感受到戲劇張力，舞台上的大型道具和照明也充滿講究，乍看之下完全不像一般的「校友會」。
「最後就是我啦！影片你們應該都看過了。」
二斗帶著一抹淺笑這麼說。
「我本來想讓自己第一個上場，但其他兩組都希望我負責壓軸。雖然有點不自量力，但我還是這樣安排了。」
——ｎｉｔｏ的舞台。
我們當然知道威力有多強。
在網路音樂領域投下震撼彈的新星。
往後她還會繼續大顯身手，將歌曲傳遍全日本。

連我這種不常聽音樂的人，都被她的樂曲和歌聲吸引了無數次。

「……原來如此啊～」

六曜學長抬起頭將視線從電腦上移開，對ｎｉｔｏ微微一笑。

「謝謝妳的回報，感覺很順利，我放心了。」

「嗯嗯，目前進度沒什麼問題！」

二斗也露出單純直率的笑容點點頭。

「你那邊怎麼樣？自由舞台換場地了，應該很辛苦吧？」

「喔，反正船到橋頭自然直吧，但還是有不少難題就是了。」

「真令人期待，到底會變成什麼樣的風格呢？」

在旁人眼裡——這段對話再正常不過。

只是學長學妹，執行委員長和副執行委員長的職務交流。

氣氛相當平和，完全感受不到這兩人的對決會左右一個人的人生。

可是——我有些焦慮。

在他倆身後的我開始急了。

我知道主舞台派出了強力的表演者。

也知道無法輕鬆取勝。

可是……真的很強。

看了雙方的表演名單後，我再次理解這一點。

主舞台表演者的水準真的太高了。

於是我心想──

再這樣下去……不可能會贏。

如果只是按部就班地準備，自由舞台不可能贏過主舞台。

……該如何是好？

之後該怎麼做，才能比這些表演者吸引到更多觀眾……？

「……巡，你也很努力呢。」

二斗對焦急的我輕聲說道。

「準備工作應該很辛苦吧，我也會替你加油喔。」

「……喔。」

我頂著依舊焦慮的腦袋，點點頭看向她。

二斗一如往常用從容的表情看著我們。

好奇心旺盛的眼神，嘴唇勾起一道弧線。

臉頰上浮現淡淡桃紅色，頭髮能隱約看見鮮豔的耳圈染。

……這傢伙真的跟平常一樣。

我不禁苦笑。

在忙碌慌亂的環境中，唯獨她仍表現得泰然自若。

身邊的人年紀應該都比她大，卻膽識驚人，還能如此冷靜。

確實很像二斗的作風，也是她的魅力所在。但以「舞台非贏不可」的立場來說，她那坦蕩大度的神情讓我感到莫名恐懼。

而且——

「……」

我隱約察覺到，好像有一點點……不太對勁。

該怎麼說……好像隔了一道牆。

表情也略顯僵硬……

平常的親和力少了幾分，彷彿和我有些隔閡……

……是我多心了嗎？

單純是我自己覺得二斗有些疏遠嗎？

我還來不及仔細端詳她時——

「——好，走吧！」

六曜學長便拍拍我們的背這麼說。

「情況已經掌握了！回去擬定後續的作戰策略吧！」

「好、好……！」

他那爽朗的口氣讓我釋然許多，我和五十嵐同學也跟在他身後，從敵營中心撤退。

＊

「——哇啊～這該怎麼辦啊～！」

我回到兩年半後的未來，和真琴兩人在天文同好會的社團教室。

我看著筆記本用力搔搔頭髮。

「想也知道輸慘了……就像用R卡拼湊的隊伍，去挑戰少數SSR構成的隊伍一樣。」

「啊～絕對不堪一擊吧。」

不知是在玩遊戲，還是在看V的直播。

真琴將手機橫著拿，搖搖那頭金髮這麼說。

「而且還是一個SSR就能讓我們全滅的程度呢。如果我們手上有SR，搞不好還能撐一陣子。」

「對啊……」

經過上次的主舞台偵察後。

完全走投無路的我……就這麼回到未來獨自研擬作戰計畫。

喏，漫畫家在家裡工作遇到瓶頸時，也會到外面走走嘛……

換個場所（時間）或許就能想到好點子……

而且我也害怕白白浪費過去的時間。在那個世界思考對策，也會愈來愈接近碧天祭這個時限。

那……乾脆在這裡想吧。

在兩年半後的世界思考，就不會浪費時間了。

所以我請真琴陪我一起研擬「打倒主舞台！自由舞台改革方案」。

「呼……」

我嘆了口氣，再次確認整理在筆記本上的現狀。

【使用場地】

・主舞台——天沼高中第一體育館

・自由舞台——區民活動中心附設體育館

↓第一體育館場地較為寬廣，但自由舞台的表演者較多，應該會形成少量觀眾多次更迭的狀況，這樣就平手了。

【表演者】

・主舞台

天沼高中管樂社

天沼高中戲劇社校友會

nito

・自由舞台

波坦金戰艦（搞笑短劇）

吾妻綺羅羅學姊（舞蹈）

ＯＢＯＲＯ月夜（樂團）
ＦＬＩＸＩＯＮＳ（舞蹈）
其他自願表演團體（調整中）
↓自由舞台也網羅了魅力十足的表演者，但在規模、知名度和品質層面可能相形見絀。

【宣傳】

↓相較於能放進所有碧天祭廣告宣傳的主舞台，自由舞台的廣告數量明顯不足，總之得先製造曝光機會。

「——嗯……」

這樣看下來，和主舞台有差距的就是「表演者」和「宣傳」這兩點。

也就是人才和技術方面幾乎都比不過主舞台。

接下來我們預計會在宣傳方面採取各種措施。

製作碧天祭入口網站的工作似乎是由資訊社負責，聽說會調整成可以線上直播的系統，所以我想利用這個機會。

既然有具備網路聲量的表演者，我也會請那些人出點力，當然不會向他們告知六曜學長的事。

只是……表演者。

「問題就出在這裡……」

我抱著頭唉聲嘆氣。

「接下來該怎麼辦……」

其實目前找到的表演者實力相當驚人。

如果放在其他高中的主舞台，絕對會嗨翻全場。

我本身也將他們的表演看過一輪，但真的無話可說。

甚至對他們答應演出一事開心得不得了。

所以……

「真不想做這種挽救頹勢的事……」

我抱著頭低聲呢喃。

「真不想說出……這些人比不上主舞台這種話……」

這一點讓我很糾結。

其實我很喜歡他們的表演。

但他們跟管樂社、戲劇社校友和nito相比「仍有不足」這種話，我真的說不出口。

我還是希望他們能如自己所望地表演，並以此勝過主舞台。

這是——我最大的心願。

話雖如此……以現實層面考量，應該還是主舞台才能博得觀眾的讚許。

容易吸引觀眾的也一定是主舞台。

「那……要怎麼做呢？我們該怎麼贏過主舞台……」

「——學長。」

這時——真琴忽然開口。

「最初的高中生活。」

「……嗯？」

「我們的第一輪高中生活。」

她沒頭沒尾地拋出這個突兀的話題。

過去我們鮮少討論的第一輪生活。

「是不是經常像這樣兩個人一起度過？」

「……啊、是啊，沒錯。」

「無所事事地窩在社團教室，也沒有聊天，各自忙各自的事。」

「嗯，就是這種感覺……」

說來有些複雜——但真琴腦中有兩種記憶。

首先對我來說是第一輪高中生活的記憶。

眼前的真琴基本上也把這段記憶當成「自己的過去」。

但我在她面前進行時間移動——導致改變後的「全新過往記憶」也跟著植入她的腦海。

換句話說，真琴現在有「第一輪高中生活」和「至今為止的高中生活」兩種記憶。

每當我改變過去的行動，未來當然也會不停更動。

每一次應該都會產生難以計數的「可能發生過的高中生活」。

但真琴的記憶似乎只有「第一輪高中生活」和「到目前身處的『現在』為止的過去」，變動無數次的過往記憶並沒有全部留下來。

這方面讓我有點擔心，所以之前有跟真琴確認過……

我怕她會因為資訊量過多而陷入混亂或失常狀態，但她本人只將這些感受歸納為「不可思議」四個字，讓我安心許多。

總而言之，目前真琴的腦海中……

「第一輪高中生活」的記憶與「六曜學長在文化祭落敗的高中生活」的記憶。

應該只有這兩種才對──

「雖然在這個時間軸的過去沒有這麼誇張……」

真琴將視線低垂，如此喃喃自語。

「畢竟五十嵐學姊和六曜學長也在，沒有和你一起虛度光陰的感覺……」

──五十嵐學姊和六曜學長也在。

是啊……在這個時間軸，二斗已經不會來天文同好會了。

「現在」的六曜學長之前也跟我說過。

文化祭結束後，二斗就不會再來同好會了。

我也跟她分手，關係就此結束──

「可是我……」

真琴的視線依舊落在手機上。

用呢喃的語氣輕聲說著：

「我還是最喜歡……這種感覺。」

「……這樣啊。」

「無所事事地跟學長待在社團教室裡，感覺很自在……」

——跟某人在社團教室共處的時光。

每天沒有特別做什麼，只是一起度過的記憶。

這或許也是寶貴的回憶。

雖然也會有不如意、難受或悲傷的時刻，但這些時光或許也會留在記憶中，變成珍貴的寶物。

所以……

「不然這樣吧。」

我下定決心如此開口。

並看向一臉不解地望著我的真琴。

「就算我又回到兩年半前，我也會偶爾騰出這種時間。」

我這麼說。

「我還是會跟妳一起消磨時間，就像第一輪一樣。」

……或許我讓她覺得寂寞了。

第一輪高中生活的過去被改寫成這副模樣，真琴或許也有話想說吧。

既然如此……我也不想輕忽她的感受。

這傢伙是我最重要的朋友，我想好好珍惜跟真琴共度的每一天。

「……這樣啊。」

——真琴的表情似乎和緩了些。

這位平常總是一臉倦怠，態度冷漠的學妹。

總愛強詞奪理，一點也不可愛的寶貴親友。

這樣的她嘴角微微上揚，瞇起眼睛淺淺一笑。

然後……

「……謝謝你。」

她用直率的嗓音這麼說。

「我好高興。」

感覺她周遭散發出無數光粒。

第一次看到她這種表情，我不禁心跳加速。

「不客氣……」

我帶著些許動搖回話後，忽然發現一件事。

原來如此……或許這就是真琴建議我對國中時代的她據實以告的原因。為了維持我和真琴相處的時光，也為了像第一輪高中生活那樣繼續做朋友。

我再次看向手邊的筆記本。

這本記錄計畫的筆記本，是我開始時間移動時買的。

在那之後發生改變或不變的事都多得數不清。

我想將每件事都放在心上，所有的變化一定都有意義。

既然如此，我就不想錯過任何一件事，因為那是我的人生，也是我這些朋友的人生。

而且——

「……對了。」

——我想到了。

說不定能從截然不同的角度去改變現狀。

而我想到了——這樣的方法。

「那傢伙……二斗或許能扭轉局勢。」

*

「——不好意思，這麼忙還找妳過來……」

天文同好會社團教室旁邊有個小小的準備室。

坐在地上的我先抛出這句話。
「但最近沒什麼機會跟妳單獨聊聊，才想請妳撥點時間。」
「別這麼說，當然可以啦。」
二斗坐在一旁的老舊書桌上。
還不停晃動那雙光溜溜的腳。
「工作正好告一段落，我也想休息一會。」
鮮豔的水藍色指甲彩繪晃過我的眼前。
從窗外灑落的暖色調光線映照下，有種懷念的氛圍。
「你不是也很忙嗎？」
「是啊～事前的準備工作堆積成山。」
「咦～那你還有時間跟我聊天嗎？」
「總會有辦法啦，還有六曜學長跟五十嵐同學在。」
「只是把工作推給別人而已吧，這樣真的好嗎～」
我們像平常那樣用輕鬆的口吻鬥起嘴來。
二斗的表情一如往常，嗓音中仍帶著幾分明朗。
不過……還是覺得我們之間有一道牆。上次去偵察時感受到的那種些許距離感……是我的錯覺嗎？

還是「非贏不可」這股微弱的焦慮感使然？

「……我想聊聊舞台的事。」

對話暫時中斷，我便趁機拋出話題。

「二斗……妳還是很在意六曜學長的事吧？」

「……是啊。」

二斗依舊晃著雙腳，承認得相當乾脆。

「你也知道學長在這場碧天祭會發生什麼事了吧？」

「嗯，之前我已經確認過了。」

「這樣啊～」

二斗的語氣——始終輕描淡寫。

所以我才能清楚感受到她在提防些什麼。

二斗一定是在壓抑自己的真心，將情緒深埋在心底，逼自己強顏歡笑吧。

其實她——心中有強烈的罪惡感。

沒辦法原諒之後會傷害六曜學長的自己。

那我——想將這句真心話。

想將這個跟我最近行動完全相反的想法告訴二斗。
「妳就放手去做啊？」
這時二斗才終於正視我的臉龐。
「妳可以……把六曜學長打得落花流水啊？」
沒錯——這就是我想對二斗說的話。
之後二斗可能會贏過六曜學長。
這個結果或許會讓他的人生徹底失控。
但那有什麼關係呢？
這樣二斗也不必心懷憂慮，跟我們漸行漸遠啊。
「……為什麼？」
二斗的嗓音始終冷靜。
「當然不行啊，你不也是為了不讓這件事發生才這麼努力嗎？」
「是啊。」
我爽快地認同她的觀點。
「我希望天文同好會的所有人都面帶笑容，可以的話也希望大家友誼長存，所以才會這麼拚命。」

「那我沒說錯嘛。」

「可是……」

給出這個前提後，我嚥了嚥口水。

「不管六曜學長會變得怎麼樣……都不是妳的責任啊。」

我抬頭望著她的臉這麼說。

「我所看到的未來，那個人確實看起來每天都過得渾渾噩噩，原因可能就是在碧天祭輸給了妳。」

「……嗯。」

「但是……不管結果如何，終究是六曜學長的問題吧。」

見二斗面色沉重地點點頭，我繼續說道：

「二斗，妳不是為了傷害學長才努力籌辦主舞台，單純是為了自己和周遭的人才如此拚命吧？」

「……是啊。」

「那就沒有人能責怪妳吧，反倒連六曜學長也不能責怪妳。學長可能會覺得很痛苦，但那終究是他自己的問題，嚴格來說，這是六曜學長本身的責任。」

我自己也知道這些話很刺耳。

六曜學長——真的會受傷吧。
看到自己跟二斗相差如此懸殊，會徹底灰心喪志。
像他這麼強韌的人都會如此，換做其他人站在同樣的立場，或許會變得更加悽慘落魄。
可是……
以前的我……也是看著眼前的二斗而荒廢高中生活，所以能明白這種心情。
因為曾經和她分手，跟真琴度過了碌碌無為的每一天，才能說得如此篤定。
這些都是——自己的責任。
不能怪罪他人，只有自己該為淪落至此的下場負責。
六曜學長恐怕也明白這一點。
兩年半後的學長……從來沒有說過二斗的壞話。
「所以學長會變成那樣並不是妳的錯。」
我直截了當地——對她這麼說。
「妳不必為此煩惱喔。」
二斗目不轉睛地看著我。
雙唇緊閉，眉頭微微皺起。
而我——暫時放鬆肩膀的力道。

「……妳就照常行事吧。」

說完，我對二斗笑了笑。

「就算二斗大獲全勝，六曜學長因此消沉失志……還是照常行事吧。只要我們還在彼此身邊，關係一定會有所改變——」

——只要還在彼此身邊。

想解決這次的問題——應該也能用這種手段。

二斗為這次舞台拚盡全力，是無可改變的事實。

主舞台與自由舞台的差距也一目瞭然。

那解決未來的問題不就好了嗎？就算六曜學長敗北……只要找到他能重新振作的未來就好了，我是這麼想的。

這樣對二斗的傷害一定也能減少許多。

只要往後還能一起待在社團教室裡，說不定學長能徹底振作……

……雖然我滿腦子都想著要贏過主舞台。

雖然拚命思考如何讓自由舞台更熱鬧一些，但應該也有這種解決方式。我認為這是我們目前找到的最佳解答。

「……這樣啊。」

二斗嘆了口氣，將視線落向腳趾。

水藍色的指甲彩繪晃啊晃的。

「照常行事……一直在一起……」

她的語氣像是在細細品味這句話的意義，並讓自己接受。

能感受到這句話確實打動她了。

我的想法確實傳遞給二斗，她心中也出現某種變化——

然後……

「……這種想法或許可行。」

說完……二斗對我露出微笑。

「這次的事就是這次的事，往後我跟大家還是朋友……嗯，或許可行。」

「對吧？」

「確實，陪在學長身邊或許對他比較好呢。如果莫名疏遠他，他可能也難以宣洩心中的情緒。」

「嗯，我也是這麼想。之後如果妳能在他身邊，結局應該會完全不同。」

「或許吧，或許啦，啊哈哈……」

說完，二斗輕笑出聲。

……太好了，這樣應該就沒問題了。

不管六曜學長是勝是敗，二斗都不會離開社團教室。

這樣未來應該會有所改變……再來只要在碧天祭專心拚搏即可。

只要集中精神全力對決即可。

這樣一來，連我也莫名興奮起來。先前那種「被逼入絕境的苦戰心情」也轉變成「挑戰高難度遊戲的樂趣」，視野頓時開闊——

「——可是不行。」

——二斗開口了。

「我沒辦法這麼做。」

「……啊？」

出乎意料的進展——讓我愣在原地。

「沒辦法？什麼意思……？」

我用自己聽了也覺得愚蠢的聲音問道。

「為什麼不行……？」

我還以為我們已經達成共識了。

還以為我的那些話改變了二斗的心情。

但為什麼……

與此同時——校舍的鐘聲響起。

仔細一看，窗外的夕陽已經大幅西斜。

「……要不要換個地方？」

二斗這麼說，輕巧地從桌上跳下來。

「再聊一會吧。」

「……好。」

我也點點頭站起身。

懷著仍劇烈動盪的心情拿起書包，和她一起離開校舍——

＊

隨後——我們來到公園。

過去我們曾一起來過的，在她家附近的那座公園。

我們像那天一樣坐在長椅上。

「——我之前也在這裡跟你提過吧。」

二斗用依舊輕柔的語氣這麼說。

「我總是在傷害別人。發生爭執，惹人不悅，把對方的生活搞得一塌糊塗……」

「……是啊。」

我回想起那天的情景並點點頭。

印象中是第一學期的事，那時我們拚了命想保住天文同好會，正在製作影片。

「——我總是這樣……」

「——一定又會受傷，讓大家的心血付之一炬……所以我……我已經……」

當時二斗用顫抖的嗓音這麼說。

她那時的表情和奪出眼眶的淚水，至今仍深深烙印在我的腦海中。

而且……還不只如此。

五十嵐同學那件事也是，我們向彼此坦誠時間移動和循環的真相時，她也說了：

「——我會把一切都搞砸啊。」

「——不管重來多少次，都會傷害到最珍貴的事物，讓一切化為烏有……」

二斗——總像這樣狠狠地責備自己。

現在的她也無法原諒自己。

所以二斗……

「……開始玩音樂後，我才覺得自己『終於活過來了』。」

用這種口氣輕聲呢喃。

「在痛苦的每一天中，我好不容易才找到真心喜愛的事物，心情也終於明朗。不用再像以前那樣假裝開朗，可以真正幸福地過日子……」

「嗯……」

沒錯。

從前的二斗是讓旁人無比憧憬的「正義女孩」。

讓童年時期的五十嵐同學心神嚮往，彷彿會在動畫中出現的「正直英雄」。

但這些只是二斗「裝出來的假象」——就在這個時候，她遇見了音樂。

音樂改變了她的一切……

「然而……我愈是沉迷音樂，周遭的人就愈是不幸。我也不知道為什麼，但無論如何都會傷害別人……」

「……對啊，就是這個！」

我對神情陰鬱的二斗強力主張。

「我就是想告訴妳，這不是妳的錯！妳又沒做什麼壞事！」

二斗只是努力在延續生存的意義而已。

只是覺得自己需要音樂，拚盡全力製作而已。

就算最後會讓旁人不幸——也不是二斗的責任。

二斗沒必要把責任攬在自己身上——

「所以大家一定會諒解！」

我握住她的手如此主張。

「五十嵐同學會原諒妳，六曜學長也會！所以妳不要把自己逼入絕境……」

「……不行啊。」

但二斗還是固執地搖搖頭。

「我沒辦法原諒這樣的自己。」

她的嗓音抖得厲害，極度不安定，彷彿下一秒就要崩潰。

這痛切的事實，讓我下意識緊閉雙唇。

一輛機車伴隨著引擎聲駛過公園前。

「應該說，巡是最不該原諒我的人。」

二斗像是要激勵自己般繼續說道。

一陣風吹來，輕輕吹動她的髮絲。

然後……

「因為……」

二斗抬起頭——接著說：

「被我改變最多的人——就是你啊。」

——她的笑容看起來極度悲戚。

——彷彿下一秒就要情緒潰堤的苦澀表情。

「……啊？」

「我確實改變了萌寧和六曜學長，但被我徹底毀掉一生的人……是你啊。」

「……」

我完全說不出話。

被二斗改變最多的人是我……？

我的人生被二斗徹底毀了……？

什麼意思？

我聽得一頭霧水，沒辦法立刻明白這句話的含意。

「巡，你真的很了不起。」

二斗依舊握著我的手說道：

「你自己應該不知道，也難以體會吧？但你真的很了不起。但我卻毀了你，讓一切脫離常軌……」

想起第一輪高中生活。

我確實是用極其荒廢的方式結束了高中這三年。

打遊戲、看漫畫，渾渾噩噩地過著每一天。

和真琴一起將十幾歲的寶貴時光虛度殆盡——

二斗想說的是……這一切都是她造成的嗎？

覺得是她害我過上這種生活的嗎……？

我不懂，完全無法體會這句話的意義。

而且……如果我真如她所說是個了不起的人，應該會有某種成就才對。

二斗在過去的循環中看見的我。

那到底是什麼樣的我……又過著什麼樣的高中生活呢？

二斗卻不顧我的疑惑。

「所以……其實我也不該這樣。」

說完，二斗笑了。

然後——

「——我應該消失才對。」

——二斗這麼說。

「其實我應該在你面前消失。」

應該消失。

未來二斗即將面臨的「失蹤」結局。

二斗這句話似乎會導致那個結局發生。

我覺得腦袋變得一片空白，心臟瘋狂跳動。

……奇怪？

我——這才發現。

既然二斗會有這種想法……

覺得自己會毀了我就該消失的話……

那害二斗失蹤的元凶……

難道……就是我嗎？

【小插曲三】

「——該怎麼辦呢……」

從學校回家的路上。

我騎著腳踏車穿過逐漸昏暗的道路。

並獨自低語道：

「離活動當天只剩兩個多禮拜……其實有點吃緊……」

——文化祭執行委員長。

——自由舞台籌備總召。

身兼二職的我，目前沒出什麼大問題。

兩邊都進行得很順利，我也很有信心，覺得能打造出前所未有的盛大舞台。

可是……

「……再這樣下去不可能贏。」

靠自由舞台贏過主舞台這個課題。

終點逐步逼近，我也明顯開始焦慮。

表演者和工作人員都使出了渾身解數，我對他們也沒有一絲怨言。

然而……

「跟主舞台之間……還是有顯著的差距。」

前陣子的偵察讓我看清了這個事實。

巡和萌寧應該也有同感。

那——我該怎麼做？之後我該如何追上主舞台？

「……但其實很簡單啦。」

想了一會，我馬上就找到答案了。

「只要我好好努力就行，拿出足以超越才能的努力……就像當年一樣……」

我輕聲嘀咕，往事也浮現腦海。

——才能。

那是我第一次體會到才能的力量。

當時是小學四年級。

在體育課的五十公尺跑步項目中，轉學生竹下超越了始終保持學年第一的我。

當時我的成績好像是八．五秒。

竹下以八．〇秒的巨大差距贏過了我。

這個差距——讓我大受打擊。

不只是我，全學年的學生都驚訝萬分。

原來可以跑得這麼快。

連老師都大力稱讚「竹下同學搞不好是天才呢」。

可是……我不想輸。

我無論如何都想填補〇．五秒這個巨大差距。

在那之後，我展開了第一次的「努力」。

在YouTube到處看增進跑速的影片，還看書反覆練習。

不停拜託父母幫我計時，漸漸追上竹下的速度。

然後——在快要升上五年級的時候。

我終於跑出七．九秒的成績，超越了竹下。

這次的經驗——改變了我的一切。

只要努力，夢想就能實現。

只要認真努力，就沒有辦不到的事——

當時湧上心頭的成就感，成了我做任何事的原動力。

所以過去我才會不斷精進努力。

用功讀書，考進當地最好的升學高中天沼高中，成績也是學年第一。若繼續保持，應該也能順利考上目標的國立大學。

運動、服裝儀容、校內表現也一樣。

只要努力，就能得到相應的結果。

在努力面前——才能根本不是什麼大問題。

這是我不願改變的信念，也是支持著我，往後也會引導我繼續前進的唯一「真理」。

所以——

我忍著頭痛苛求自己。

千萬不能在這時放鬆懈怠。

如今二斗和我之間仍有巨大的差距。

說穿了，我與她差異懸殊，水準、覺悟和天生的資質都截然不同。

真要說的話——彷彿是不同世界的人。

就像當時尚未努力的我和竹下之間的差異。

那我就必須努力再努力。

讓自己扛下更多責任，直到追上她、超越她為止——

第四話 chapter4

【我和不良少年的校園衝突】

「……我說你啊～」

「……嗯？」

「坂本，不管我怎麼問，你都只會回答『沒什麼』或『跟平常沒兩樣』……」

給出這個開場白後，五十嵐同學深深嘆一口氣。

接著用力瞪大雙眼——

「但你現在……根本就不是『沒事』的樣子啊！」

——用吼叫般的音量這麼說。

「整天唉聲嘆氣，臉色又陰沉，怎麼可能沒事啊！」

離碧天祭開幕日只剩兩週了。

準備工作漸入佳境，校內也漸漸變得喧鬧的某天放學後。

我們正在收拾自由舞台要使用的租借器材。

「說得……也是。」

我垂下視線低喃一聲。

是啊……或許五十嵐同學說得沒錯。

我的情緒跌落谷底，可說是槁木死灰的程度。

知道自己駝背，也知道聲音愈來愈低沉。

確實很難說是「跟平常沒兩樣」吧。

「……你可以告訴我啊。」

五十嵐同學嘆了口氣說。

「我可能不是那麼可靠……但也會儘量努力聽你訴苦。」

她用若無其事的口吻如此繼續說道。

表情也透露出幾分純粹的擔憂。

一看就知道她是真的在擔心我。

「……謝謝妳。」

我坦率地向她道謝。

「五十嵐同學很溫柔呢……」

「啊？我哪有，只是看你這樣無精打采覺得提不起勁而已。你最近老是出錯，真的給我添很多麻煩耶……」

五十嵐同學自始至終都板著一張臉。

但她時不時拋來的視線，卻表明了她的真心。

是啊——如果能向她訴苦該有多好啊。
現在的我……意志相當消沉。
如果能把真相說出口，該有多麼輕鬆啊……
可是……
「不過……真的沒什麼大不了的。」
我擠出笑容繼續處理工作。
「抱歉讓妳擔心了，但我真的沒事。」
「……哎。」
五十嵐同學露出放棄的神情，又回去確認資料了。
看表情就知道她不服氣，但也沒辦法。
我當然不能說，我為什麼會變成這樣。

——二斗是因為我才失蹤的。

……這個猜測當然尚未坐實。
二斗並沒有說得太明白，或許她也不知道自己會在兩年半後失蹤，這可能只是我一味的猜測。

可是——心中的預感卻相當明確。

二斗的消失……跟我的存在關係密切。

目前我們成功保住了天文同好會，也和五十嵐同學重修舊好。

跟六曜學長的比賽結果或許也有關聯。

可是……卻不亞於上述那些事。

甚至可說這才是重點，我的行動會決定二斗的未來。

換句話說——

——我可能會讓一切化為烏有。

像我這樣的凡人——可能會擊潰二斗這個天才。

擔心我的人不只有五十嵐同學而已。

「——好，去確認流程順序嘍～」

六曜學長打開特別教室的門這麼說。

「表演者已經在會場集合了，各位動作快！」

「好～」

分散各處的自由舞台工作人員出聲答覆後便開始移動。

如六曜學長所說，今天預計要確認正式演出的順序。

自由舞台找了各式各樣的表演者，每一組需要的道具和照明音效的注意點都大不相同。

為了不讓舞台管理組在活動當天亂成一團，才將表演者全都找來確認整體流程。

我也從座位上起身走向六曜學長。

正當我腳步有些踉蹌地準備通過教室門時——

「……喂，你沒事吧，巡？」

六曜學長也憂心忡忡地開口問我：

「你看起來真的很累耶，到底怎麼回事啊……」

這個人也在擔心我。

發生二斗那件事的隔天，六曜學長是第一個注意到我狀況有異的人。

之後他每天都會找我搭話，關心我的狀況……但我當然也沒對這個人說出真相。

「沒事。」

我只說了這麼一句，就來到走廊繼續往前走。

「抱歉，讓你擔心了。」

「……嗯～」

將門上鎖後，走在我身邊的六曜學長苦笑起來。

接著用他一貫的爽朗嗓音說：

「你啊……真的很不會撒謊呢。」

他用類似說教卻不帶強迫的口吻如此說道：

「我就直說吧，你真的很不會隱瞞或掩飾情緒，所以旁人一眼就能看出來。」

……或許真是如此吧。

跟二斗、真琴、五十嵐同學和六曜學長相比，我確實不太會「假裝沒事」。

這讓我心中充滿不甘與歉疚。

「所以啊……」

學長拍拍我的背。

「在你真的走投無路之前，一定要跟我說清楚喔。」

聽到這句話——我不知該如何回覆。

我對自己的懦弱與無能輕嘆一口氣。

*

「——啊～糟糕，這裡沒辦法把大型道具撤到旁邊嗎！」

「——把搞笑短劇跟樂團排在一起有點危險啊……」

確認流程順序的工作進行得十分順利。

表演者除了我們挖角過來的五組，還有自願參加的四組。

請這些人按照我們事先擬定的順序上台走一遍。

依次嘗試每一組表演者的上下場流程。

果然發生了很多意想不到的狀況。

比如前一組表演者使用的道具被留在舞台上，或是搞不清楚表演者要不要使用麥克風。

起初我還懷疑：「有必要做得這麼詳盡嗎……？」

「太好了～幸好有先走一遍流程。」

六曜學長轉頭看著我笑道：

「要是直接上陣惹出這些麻煩，舞台可能就毀了。」

確實……

如果在正式演出的混亂場面中又發生一堆事故，自由舞台的管理運營可能會崩潰。學長說得沒錯，好好確認每個步驟才是對的。

而且也發現了另一件事。

「但原來是這種感覺……」

從觀眾席仰望舞台的五十嵐同學輕聲低喃：

「正式演出也是這種感覺嗎……」

如她所說——似乎可以想像。

表演者雖然沒有使出全力，卻還是為我們大致表演了一輪。

從現在到正式演出還有十天以上的時間，表演水準或許會更加提升。

不過……已能想像出粗略的完成模樣和當天的氣氛了。

正因如此……

「……嗯……」

五十嵐同學發出略顯陰鬱的低吟。

「這樣……跟主舞台有得拚嗎？」

站在她前方的六曜學長雙手環胸。

雖然沒有回答，但他心裡肯定也同樣焦慮。

——舞台水準絕對不低。

不論是方才看到的搞笑短劇，舞團表演還是吾妻綺羅羅學姊的舞蹈都魅力十足，自願參加的表演者應該也能帶來意想不到的舞台效果。

只是……

「啊～糟糕，我忘記帶Blues Driver來了。」

「真假，那先用其他的破音效果器代替嗎？」

「嗯～好吧～」

樂團成員正在舞台上討論細節。

他們和樂融融地相視而笑，臉上的表情……

……非常輕鬆。

因為不是主舞台的表演，所以才無憂無慮嗎？

還是真的只把這當成文化祭的一個表演？感覺每位表演者都有些懶散。

今天當然不是正式演出。

甚至連彩排都算不上，只是確認流程順序而已。

碧天祭當天的氣氛一定會更加緊張。

只是……

『——喂～春樹～』

站在舞台上的樂團主唱。

他隔著麥克風對觀眾席的六曜學長說：

『我現在才想到，當天我們可以演奏翻唱曲嗎？比起自創歌曲，熱門歌曲比較能炒熱氣氛吧？』

「啊～當然可以啊，只要音控或樂器別更動太多就好。」

『哦，真的嗎？那我考慮一下～』

整體對話內容和關聯性……都感受不到一絲緊張。

一點都不像「攸關六曜學長的人生」的氣氛。

「……這樣好像有點危險耶？」

五十嵐同學咬緊下唇這麼說。

「是不是不太妙啊……？」

「……是啊。」

站在一旁的我也點頭同意她的說法，也明確感受到焦慮自心中油然而生。

＊

「——還是跟他們把話說清楚吧！」

確認完順序後——五十嵐同學這麼說。

所有工作人員回到特別教室並解散。

現場只剩下我、五十嵐同學和六曜學長。

事先和五十嵐同學討論過後，為了和她一起說服學長，我也留了下來——

「我就直說了。」

五十嵐同學神情緊張地對學長說：

「再這樣下去會輸給主舞台，這種懶散的氣氛一定會維持到正式演出的那一刻！」

我也完全贊同她的意見。

再這樣下去，我不認為往後的表演水準會大幅提升。

其實……他們已經完全超越了文化祭舞台的及格標準。

樂團演奏、舞蹈和搞笑短劇，都不是高中生等級的演出。

以現階段來說，肯定能打造出史上最強的自由舞台。

他們沒有非得做得更好的理由。

——因為他們不知道六曜學長正在和二斗競爭。

不知道與學長對決的人，並不是高中生這種等級的人物。

「所以……還是該把情況說清楚。告訴他們這攸關你的人生，希望他們提供協助。學長，你不是跟表演者打成一片了嗎？他們一定會全力幫忙的！」

五十嵐同學說得確實沒錯。

只要六曜學長開口，大家一定會幫忙。

看了今天確認順序的過程，就能明顯看出學長深得他們的信賴。

學長對他們想做的事給予最大限度的尊重，並配合打造出整個舞台。為了讓他們更容易發揮，只要有要求，學長都會仔細聆聽。

所以六曜學長也漸漸博得他們的景仰。

「——春樹~這裡的出場順序還是反過來比較好吧？」

「——欸，六曜同學，服裝可以用平常影片裡穿的那一套嗎？」

「——能放罐頭笑聲嗎？沒有啦沒有啦！開玩笑的！我們會把觀眾逗得哄堂大笑！」

他們總用這種夾帶閒聊的語氣與學長攀談。

如果他們——知道六曜學長面臨的現狀。

知道學長準備對抗ｎｉｔｏ這堵巨大的高牆……一定會鼎力相助吧。
還會鼓足幹勁團結一心。
不但演出水準能提升，或許還會積極招攬觀眾。
換句話說——成效和宣傳層面。
要解決自由舞台面臨的兩大問題，他們說不定能做出巨大貢獻。
……不管怎麼想都合情合理。
我們反而需要表演者的協助，才能贏過主舞台並超越ｎｉｔｏ。
少了他們的力量，這場對決根本無法成立——
這就是——我和五十嵐同學的共識。
可是……經歷了彷彿在仔細斟酌的漫長沉默後。
「……不。」
六曜學長語氣沉重地說：
「不能讓他們背負這些責任。」
「……為什麼？」
五十嵐同學用夾雜著氣惱與驚訝的嗓音這麼問。
「現在不是說這種話的時候吧！你為什麼這麼固執啊！」

我也無法理解。

六曜學長——從一開始就十分堅定。

我建議他「跟大家把話說清楚」的時候，他也總是拒絕。

他的態度非常固執，堅持要靠自己的力量跨越這道難關。

……他確實是個硬派的狠角色。

重視每件事的條理順序，對自己相當嚴苛……但未免也太頑固了。

學長為何堅決不肯「依賴他人」呢……

短暫的沉默籠罩了整間特別教室。

可能明白再僵持下去，我和五十嵐同學也不會服氣吧。

於是六曜學長放棄抵抗嘆了口氣。

「我必須……」

心有不甘地這麼說：

「必須讓老爸親眼看到我做出成果……」

——老爸。

六曜學長的父親——不承認學長創業夢的罪魁禍首。

「爸爸是白手起家的企業家……」

學長像是在眺望遠處般瞇起雙眼，繼續說道：

「而且是在二〇〇〇年代最初的網路泡沫時期，但他仍千辛萬苦付出嘔心瀝血的努力，費盡人生才成功。所以他不想讓我這個兒子再經歷同樣的辛苦，甚至覺得我撐不過去。」

「……原來……如此。」

第一次聽說這件事的我點了點頭。

學長的父親原來經歷過這種事啊……

那「先到我的公司上班」這句話，或許是再正常不過的建議。

他想守護兒子，不讓他經歷自己走過的坎坷路途。

他或許只是在做父母親理所當然會做的事。

可是……

「所以……我一定要做給他看。」

六曜學長握緊拳頭。

「我也要讓老爸看到自己靠努力跨越難關的模樣……」

「這樣啊……」

聽了這些話……我才終於理解。

為什麼六曜學長總是獨自扛起全責。

為什麼堅決不肯依賴他人。

我完全理解他的心情。如果在我的能力範圍內，我真的想助他一臂之力。

但現實卻是殘酷的。

「……還是有極限吧。」

五十嵐同學有些難以啟齒地說。

「現在不管六曜學長多麼努力，還是束手無策吧……」

她說得沒錯。

如果回歸現實，六曜學長拚命努力，付出不亞於父親的辛勞，打造出自由舞台……就能贏過nito嗎？

不可能。

努力也是有極限的。世上確實存在辦得到和辦不到的事。

所以只能請求他人的協助。

「……但我想試試看。」

即使如此，六曜學長依舊意志堅定。

「無論如何，我都想試試自己的能力。」

「……真是的。」

如今繼續說服也只是枉然。

五十嵐同學可能認清這個事實了，便死心地嘆了口氣。

「真的很固執耶……但既然都這麼說了，就真的得有所覺悟喔。我們還有堆積成山的工作，宣傳力道也遠遠不足。」

「喔，那當然！」

「你還有執行委員長的工作，應該會很辛苦，但也只能放手一搏了。」

「包在我身上！」

說完，六曜學長在我們面前舉起手。

「畢竟再厲害的天才——在努力面前也只能認栽了！」

用宛如少年漫畫主角的表情這麼說。

……真是如此嗎？

努力真能像他說的那樣，將一切全部改寫嗎？

＊

自那天起——我們就進入了文化祭前的衝刺階段。

幾乎每天都工作到最終離校時間，回到家還繼續處理事務。

連我這種普通工作人員都耗盡了體力，疲勞不斷累積。

該做的事堆積成山。

製作自由舞台的傳單並張貼各處。

取得學校、社區管委會和行政區的許可……

要跟當天會場使用的音響公司交涉，還要跟每位表演者洽談。

除此之外，空閒時還得幫忙準備班上的「Ｃｏｓｐｌａｙ咖啡廳」活動。

幾天下來，睡眠不足和疲勞就讓我變得虛弱不已。

五十嵐同學的體力似乎也瀕臨極限，臉上總露著疲倦。

只有二斗仍活蹦亂跳，一臉若無其事的樣子……但其實在那天以後——

從她坦承「我毀了巡的人生」之後，我們就沒有說過話了。

她明顯在躲我，我不知該如何與她相處，便用準備文化祭當藉口，好幾天都沒說上話。

而且——還有比我們更誇張的人。

那個比任何人都勞心勞力，終於面臨極限的人——

＊＊＊

「——哎。」

檢查完一份資料後，我——六曜春樹抬起頭來。

自由舞台的工作人員像平常一樣聚集在特別教室。

有人在整理當天行程表，有人在聯繫表演者，有人在討論宣傳事宜。

這些成員真的非常努力。

起初有些人雖然興致缺缺，如今整體士氣都提升不少。

能跟這些人一起工作，讓我感到開心又踏實。

在這些人當中——

「——六曜學長。」

負責宣傳工作的天文同好會學弟妹。

坂本巡和五十嵐萌寧朝我走來並開口道：

「資訊社的主舞台和自由舞台直播，已經得到所有表演者的許可了。」

「喔喔，那就只剩拜託老師處理的著作權問題了。」

「對，沒錯。」

這兩人——真的很可靠。

萌寧會毫不留情地自行找出問題所在，而巡會不屈不撓地將這些問題解決。

起初我完全沒想到他們會努力到這種地步。

多虧了他們，我現在才能繼續奮戰。

可是……

「……真的連直播觀看人數都要比嗎？」

萌寧這麼說——表情有些陰鬱。

「千華的網路聲量可是壓倒性有利喔，我們本來就打得很辛苦了，你還想讓戰況變得更嚴峻嗎？」

「嗯，我要比。」

我對萌寧點點頭這麼說。

「我們這裡的表演者也都有在網路活動。波坦金身兼ＹｏｕＴｕｂｅｒ，其他人也幾乎都會上傳影片，也有粉絲追隨，加上他們的聲量一定能贏。」

沒錯，我相信一定能成功。

ｎｉｔｏ在網路上的確是最強的。

現場直播一定會吸引數萬人觀看，死忠粉絲也不少。

不過——這次的直播平台不是開放式的影音網站，而是碧天祭特設網站上的直播頁面。

跟容易吸引到一般粉絲的影音網站截然不同。

反之，雖然名氣不如二斗，但我們這裡的表演者比較多。

只要他們的親友和老粉絲都來觀看，觀看總數應該能創下不錯的成績。

……我充滿信心。

「……我說啊。」

聽我這麼說，萌寧還是不肯妥協。

「這個計畫未免也太草率了吧。」

「……草率？」

「學長，你是以所有表演者都會幫忙的前提為考量吧？請你想想現在的氣氛好嗎，這很難說耶。」

「……嗯～是嗎？」

「而且先不論這件事……」

萌寧有些傻眼地搔搔頭髮。

「學長的身體狀況明顯很糟耶，你根本沒睡吧？」

「……才沒這回事。」

「你昨天睡幾小時？」

「大概三小時吧。」

「那就等於沒睡！」

……這樣等於沒睡啊。

確實如此吧。

其實我現在也覺得腦袋昏沉，沒辦法靈活運轉。

身體好重，頭痛得要命，實在稱不上是正常狀態。

「抱歉，讓妳擔心了。」

說完，我對萌寧笑了笑。

「但已經進入最後衝刺期了，總能撐過去吧。」

「離正式演出還有十天嘛。」

說完這些話，萌寧和巡就離開了。

萌寧也就罷了……巡沒事吧？

他從前陣子就變得無精打采，始終鬱鬱寡歡。

總用一句「沒什麼……」來逃避，也不肯告訴我實情。

「呼……」

我嘆了口氣並望向窗外。

明明才四點多，天空就已經烏雲密布，天色也變得昏暗。

——討人厭的雨已經下了好幾天。

不是滂沱大雨也不是毛毛細雨，連續好幾天都是這種不大不小的雨勢。

雖然不想意志消沉，也不想展露疲態，但這場雨確實打擊了我的士氣。

「……好！」

於是我用力拍手激勵自己，投入下一項工作。

＊

——萌寧離開教室去找資訊社報告了。

其他人也紛紛到別處工作——不知不覺只剩下我和巡。

雨天的特別教室，鄰近下午四點半。

只剩我和無精打采的學弟在室內安靜地工作——

……那小子也在勉強自己吧。

看著巡彎腰駝背工作的模樣，我不禁這麼想。

巡是二斗的男朋友。

身處第一線的他，應該能切身體會到二斗有多厲害，才能有多麼卓越。

這種感覺應該不太好受。

在這樣的巡眼中……我可能是愚蠢至極的大傻瓜吧。

用「努力」一詞麻醉自己並往失敗一路猛衝，看起來或許真的很蠢。

可是……我應該辦得到。

我始終秉持這股信念，也有過足以佐證的經歷。

就是和竹下的那場五十公尺賽跑——

所以……還早得很呢。

有時間迷惘的話，還不如動腦思考動手工作。

如此一來，就算二斗也不是我的對手——

「那個——」

——忽然有人喊了一聲。

我抬頭一看——原來是巡。

那小子頂著有氣無力的表情，有些不安地看著我。

「……你……還好嗎？」

他的聲音超級頹喪，我才想問他：「你還好嗎？」

「還好啊。」

聽了我的回答，巡的表情變得更陰沉了。

「不……你的表情糟到好像隨時會昏倒耶。」

……好像隨時會昏倒？我嗎？

呃，我沒什麼感覺啊……

我的臉色有這麼難看嗎……？

「不要勉強自己，稍微依賴別人休息一下吧……」

……有糟到需要被他勸告的程度？

原來我被逼得這麼緊嗎……

……其實這句話讓我有些衝擊。

我不自覺發出異常開朗的笑聲。

「不不不，你才是吧！」

說完，我就離開座位朝巡走去。

「你才是成天垮著一張臉吧！你的狀況比較嚴重啦！」

我這麼說並拍拍巡的背，他卻沉默不語。

以前這小子才不會露出這種痛苦的表情。

「……你也該告訴我吧？」

我打從心底替他擔憂，並開口問道：

「我可是把你當成摯友喔，可以把狀況告訴我吧？」

——摯友。

絕無誇張，我是真心這麼認為。

他確實不像那些平常跟我玩在一塊的人。

但在天文同好會經歷的種種，以及碧天祭的準備期間，這小子在我心中已經慢慢變成重要的朋友了。

所以看他整天愁容滿面，嘴裡唸唸有詞的樣子，我心裡也不是滋味。

既然是為了舞台，我就希望他把話說清楚。

「……不，沒關係。」

巡搖搖頭這麼說。

「我沒事，這些事也沒辦法開口……」

「但你怎麼看都不像沒事啊。」

「不了，真的沒什麼……」

「怎麼可能啊。」

「……對不起。」

說完，巡就忽然從椅子上起身。

而且還拿起書包，經過一臉詫異的我面前——走出特別教室。

——被他逃了。

我只是想問清楚，他就跟我拉開距離。

……平常遇到這種事，我可能會就此放過他。

可能會繼續耐心等待，覺得「他總有一天會告訴我」。

可是……

「……啥？」

我下意識——發出這樣的聲音。

「那小子是怎樣……」

接著——把這句話說出口後。

一股怒火——頓時衝上腦門。

臉瞬間變得又熱又燙。

煩躁之情湧上心頭，我也往教室門口跑去。

——承認吧，我現在根本沉不住氣。

顯而易見——我已經失去了平常的冷靜。

萌寧說得沒錯，我睡眠不足，又累又倦。

又覺得諸事不順，周遭的人也不理解我的心情。

這種……處處碰壁的感覺。

這陣子發生的所有事——都讓我束手無策！煩得要命！

我用力打開門。

「——喂，給我站住！」

我看見巡背對著我準備往鞋櫃區走去。

「至少把情況說清楚啊！」

「……咿！」

巡嚇得渾身一震，滿臉膽怯地轉過頭來。

看他的表情真的嚇壞了。

可見我現在的表情寫滿了憤怒。

不過……

「——唔！」

巡卻把我丟在原地——逕自跑了出去。

動作敏捷迅速，剛剛那種茫然的舉止彷彿只是假象。

我頓時沒反應過來。

「……我叫你站住！」

我大吼一聲往前直衝。

「你到底是怎樣！別跑啊！」

我對跑步可是自信滿滿。

小學畢業後，我的速度變得更快，現在六秒出頭就能輕鬆跑完五十公尺。

我立刻——衝出去追他。

緊盯前方，使勁擺動雙腳。

用力揮動雙手拚命往前跑。

我和巡的距離轉眼間就縮短了大半，在我差一點就能伸手碰到他的時候——

「——啊啊！」

——急轉彎。

在走廊上直線奔跑的巡——卻忽然急轉彎。

往一旁的樓梯飛躍而下。

「你這傢伙……！」

我拚命轉換方向跟著跑下樓梯。

四樓到三樓，接著來到二樓，氣勢洶洶地往下跑。

然而——

「……可惡！」

——追不上。

「怎麼回事……喘不過氣……」

我跑得踉蹌。

這麼短的距離，平常我應該幾秒就能跑完。

巡的腳速應該不快，我不可能跑輸他。

可是——

「可惡……」

——睡眠不足，累積了一身的疲勞。

持續不間斷的壓力——

這些揮之不去的症狀阻礙了我的腳步，害我無法跑出平常的速度。

「站住！」

我對衝到鞋櫃區的巡再次大喊：

「我只是想知道你的狀況而已！」

「我哪說得出口啊！」

巡甚至連鞋子也沒換就衝出校舍。

「我怎麼能讓現在的你承受更多重擔！」

「你不說才讓我更煩躁啊！」

我也跟著跑出校舍。

雨像子彈一樣狠狠打在我身上。

周遭的學生和準備放學的人都震驚地看著我們。

可是——我根本無暇在乎。

渾身濕透的我對巡喊道：

「你就這麼不信任我嗎！」

「人與人是不一樣的！」

巡在校園裡奔跑，並衝著我大喊。

「我跟學長的類型完全不一樣！不是同一個世界的人！」

聽到這句話——

聽到「不是同一個世界的人」這句話——我愣住了。

「所以學長怎麼會懂呢！你根本不懂我這種人為什麼會煩惱或痛苦！」

或許——真是如此。

跑著跑著，我不禁這麼想。

我跟巡確實是不同世界的人。

雖然平常沒說出口，也沒表現出這種態度……但我依然有自覺。

我本來就活在眾人的目光之下，周遭也都是這種類型的人。

學業和運動對我來說並非難事，老師對我讚譽有加。

其實我心中對這樣的自己充滿驕傲。

至於巡——說白一點，就是不起眼的那種人。

沒有吸睛的出色外表，也沒有卓越的能力。

生性內向，喜歡靜態活動的老實人。

如果要用我不太喜歡的流行語來形容，就是「嗨咖」和「邊緣人」的差別吧。

雖然因為天文同好會有了交集，彼此之間依然有隔閡。

巡說得沒錯，我不懂他的心情，他也不能理解我的感受。

「告訴你也沒有意義！」

巡再次大喊道：

「因為我——沒辦法像學長一樣！」

＊＊＊

「因為我——沒辦法像學長一樣！」

大吼的同時，腦海中也浮現出三個人的面孔。

——二斗。

——五十嵐同學。

——六曜學長。

我在天文同好會交了很多朋友。

在第一輪高中生活中，我和他們是關係疏遠的陌生人。

在這次的高中生活中，卻奇蹟似的和這三人成了夥伴。

試著接近他們後，我還是認清了現實，我們果然是「不同類型的人」。

我們完全不一樣。

舉凡興趣、自我肯定感和價值觀差異，全都不一樣——

可是——我覺得無所謂。

反而對這種差異樂在其中。

二斗，性格百變，每一種面向都可愛動人。

不論是被她耍得團團轉，還是被她嚇得半死，全是新的體驗，跟她在一起完全不無聊。

看到她嚴以律己的態度，也會讓我打起精神繼續努力。

五十嵐同學，她願意信任我。

我能挺起胸膛大聲地說：她和我——現在是很好的朋友。

所以我才能對自己和她之間的差異樂在其中。

我們也能尊重彼此之間的差異。

而六曜學長。

具備了令人嚮往的明確優點。

堅強、對自己充滿驕傲、努力不懈往更高處邁進。

這種生活態度，讓我望塵莫及。

他當然會受人愛戴，如此優秀的學長願意加入天文同好會，至今也讓我相當自豪。

可是──「其實我應該在你面前消失」。

二斗這句話讓我認清了現實。

只要靠近別人就有可能傷害對方。

明明對他人沒有惡意，雙方互有好感，依然會走向不幸的未來。

總有一天會將我擊垮的天才──二斗。

既然如此……或許不只是她。

我們之間的差異，總有一天可能也會對彼此造成巨大的傷害。

面對這個事實，我開始感到恐懼。

害怕與他們之間的距離，無法理解彼此的心情。

以及我和二斗、五十嵐同學和六曜學長──本質上的差異。

所以……

「求求你──別再靠近我了！」

六曜學長仍追在我後頭。

我對腳步蹣跚卻還不肯罷休的他大喊道：

「你現在沒時間做這種事！所以拜託你放過我吧！」

＊＊＊

「你現在沒時間做這種事！所以拜託你放過我吧！」

聽到這句話——我頓時停下追趕巡的腳步。

……或許巡說得沒錯。

我不禁暗自心想。

舉例來說。

說實話——我根本無法理解二斗。

我不明白她背負著什麼，在想什麼，又為何所苦。

擁有與生俱來的驚人才華，卻仍努力不懈的二斗。

我對她有些膽怯。

甚至感到懼怕。

對巡來說——我可能也是這樣的存在。

那我確實無法理解。
因為不是局中人，是局外人才能明白這個道理。
才能從客觀角度接受這個事實。
這已經不是努力的問題了。
我們之間存在著根本性的差異。
或許我們永遠不可能互相理解，產生共鳴。
原來如此……那我就必須承認。
光靠努力也無濟於事。
還是有無論如何也難以觸及的事物——
……儘管如此。
儘管如此——
「——嗚哇！」
這時——跑在我前面的巡忽然往前猛摔。
他就這樣失去平衡，在校園裡狠狠摔了一跤。
連日雨勢讓地面變得無比濕滑。
巡的制服、頭髮和全身都沾滿泥濘，整個人趴倒在地。

紊亂的呼吸讓他的背部劇烈起伏。

巡緩緩用手撐起身子，癱坐在原地。

「……你沒事吧？」

我伸出手這麼問。

「來，抓住我的手。」

巡卻沒有抓住。

「不用了。」

他直盯著地面這麼說。

「你才是，這樣會感冒的，趕快回校舍吧。」

「……你鬧夠了沒！」

這時我再次怒火中燒。

是啊——我太生氣了。

或許無法互相理解，還會傷害彼此。

最後只會覺得事不關己，我也暗自把巡當成不同世界的人。

儘管如此——

「你也該……讓我參與你的人生了吧！」

說完，我也在原地盤腿坐下。

「我無法反駁你說的那些話。我的確無法理解你的心情，你也沒辦法變得像我一樣。相反地，我也沒辦法變得像你一樣，也從來沒想過要這麼做。」

巡一臉驚訝地看著我。

「會跟你變成朋友也純屬偶然。假如……情況稍有不同，我沒發現你在招募社員的話，或許直到最後也不會認識你這個人。」

巡的眼神——像是心生動搖般閃爍不已。

雖然不知是哪來的自信。

但我確實感受到這些話說進了他的心坎——

所以……

「可是——現在我們不是站在同一個地方嗎？」

我把聲調放軟，繼續說道：

「那應該可以試著相信這份偶然……或是讓我們走到這一步，類似命運的安排吧？」

我忍不住笑了起來。

看到巡沾滿泥濘的臉，我不禁噴笑出聲：

「因為我們確實會像這樣心煩意亂，氣急敗壞……想試著改變啊。」

唯有這份心意千真萬確。

或許巡說得沒錯。

我們之間存在無法填補的鴻溝。

不是光靠努力就能克服。

最後或許——會讓我們面臨不幸的未來。

我不得不承認這一點。

可是其中……還存在某種更加鮮明的感情。

不是不確定的未來預測或忐忑，而是此刻湧上心頭的衝動。

那我就不願忽視。

我想順從這份感情。

於是——在一陣漫長的沉默後……

「……我知道了。」

巡用呢喃的語氣這麼說。

「我會說的，請你聽我說吧……」

「……好。」

「可是……」

巡盯著我看。

「相對的……也請學長聽聽我的意見。」

他用帶著明確意志的口吻對我說。

「意見？」

「對，這些話我一定要說……」

說完，巡直盯著我的雙眼。

「……請你也讓我參與你的人生。」

聽到他的說法——我忍不住噗哧一笑。

我心想「原來這小子也會說這種話啊」，並點頭同意。

「好，沒問題。」

＊＊＊

——我們回到特別教室。

我用毛巾擦去髒汗，換穿運動服後。

我向六曜學長娓娓道來。

每一次二斗傷及旁人，都會產生罪惡感的事。

以及我告訴她受不受傷是個人的問題，她沒必要為此發愁的事。

「我也這麼認為。」

六曜學長爽快地點頭稱是。

「二斗不該把這些事放在心上。」

可是——二斗卻還是不斷責備自己。

因為她堅信「總有一天會傷害到巡」。

「……原來如此。」

六曜學長雙手環胸點點頭。

「那傢伙居然顧慮到這種地步……」

「而且她還說『我應該從你面前消失』……」

我咬緊下唇繼續說道：

「這讓我大受打擊……」

未來二斗會失蹤。

還會留下類似遺書的東西……這些事我沒辦法說出口。

我認為時間移動的事還是別大肆張揚比較好。

真琴算是特例，因為她在未來幫助我。

能改寫過去和未來這種事，還是不該讓太多人知道。

說了可能會讓學長思緒錯亂，而且就算不提這件事，他應該也能理解我的處境。

「……我真的很喜歡二斗。」

我將視線朝下繼續說道：

「所以……我不知道該怎麼辦，甚至懷疑自己是不是應該離開她，不該成為她的絆腳石……」

已經被逼到走投無路了。

我是不是該跟二斗分手？

如果離開她身邊，她是不是就能更無拘無束地創作？

這樣一來——她是不是就不會失蹤了？

……只要冷靜思考，自然會明白這並非上策。

其實在第一輪高中生活，我和二斗也是漸行漸遠，她還是失蹤了。

即使如此……甚至會萌生這種手段。

我依舊被逼得走投無路，沒辦法控制自己的思緒。

「原來如此。」

六曜學長整個人靠在椅背上，將修長的雙腿交疊，低聲嘀咕道。

然後……

「但這樣一來就簡單多啦。」

「簡單嗎？」

「是啊。」

彷彿理所當然。

六曜學長用讓人感受不到壓迫感的輕鬆口吻點點頭說：

「你只要過得幸福就好啦。」

——只要過得幸福就好。

我壓根沒想過——這句話對最近的我來說遙不可及。

「你自己不也跟二斗說了嗎？就算有人輸給二斗而變得不幸，也是那個人的問題。我覺得這說法完全正確，二斗不該把那人不幸的責任算在自己頭上。這個道理……也可以套用在你身上吧。」

我覺得……他說得沒錯。

假如我在二斗身邊會導致人生脫離常軌，那也不是二斗的錯。

純粹是我太軟弱而已。

這不是二斗的責任，她真的沒必要為此發愁。

「可是……二斗不這麼想吧？」

學長繼續說道。

「就算你費盡唇舌，二斗還是會忍不住自責。」

「……是啊。」

我有些苦澀地點點頭。

二斗為什麼要自責呢？

就算當事人拚命解釋「這是我的問題」，跟二斗無關。

她還是會不斷責備自己斷送了別人的人生——

「所以啊。」

六曜學長笑了笑。

「你就——別讓自己不幸就好啦。」

直截了當地對我這麼說。

「只要讓她看到你幸福的樣子，問題就解決了。」

這真的是——非常正確的回答。

既正確又合理的思維。

原來如此……一定就是這樣，他說得沒錯。
原來問題簡單到讓人掃興的程度。
二斗會毀了我的人生？
那別讓她毀掉不就好了？
雖然還是會無可避免地受到影響。
二斗的存在太過耀眼，根本無法忽視。
既然如此——我只要一直過得幸福就好。
在她面前一直幸福下去。
原來這麼簡單又正確的答案就擺在眼前——
而且……我覺得我做得到。
扭轉二斗的未來，讓所有人都幸福，這些對我來說負擔還是太重了。
也無法保證一定做得到。
可是……如果只要讓自己變得幸福。
那我一定也能辦得到——
「……真是甘拜下風。」
我不知不覺將這話脫口而出。

「你真可靠。」

「對吧？」

說完，六曜學長露出充滿傲氣的笑容。

「所以一開始找我商量不就好了嗎？」

「是啊，或許吧。」

確實如他所說。

若能得出這個結論，或許真該早點把話說清楚。

應該不要獨自猶豫煩惱，儘快找人商量才對。

不過……

「可是……也是因為你願意聽我訴苦啊。」

沒錯——因為得到了這樣的機會。

有人願意聽我訴說，有機會聆聽我的請求。

所以我……

「把真相說出來吧。」

我直截了當地對他說。

「跟所有表演者承認，這個舞台攸關了學長的人生吧。」

——沒錯，我覺得這麼做比較好。

我相信——這麼做才是為了大家好。

我再次目不轉睛地看向六曜學長。

接著開口——

「向他們——請求協助吧。」

＊＊＊

——我確實答應要聽他說。

其實我也打算當面接受巡的意見。

可是……

「——把真相說出來吧。」

「——向他們請求協助吧。」

聽到他提出這個意料之中的建議……

「嗯嗯……」

我不禁含糊其辭。
當然知道這是個穩妥的方案。
萌寧點出的問題並沒有錯，現階段自由舞台不可能贏過主舞台。
注目程度、熱情和品質，都完全比不上他們。
如今想打出逆轉勝——就只能公開事實。
但是……我實在不想這麼做。
如果藉助了他人的力量。
就有種這場勝負本身——或者我的生活態度本身遭受否定的感覺。
「……是啊。」
見我沉默不語，巡繼續說道：
「我沒辦法變成學長，也無法理解學長的狀況和心情。」
——無法理解。
沒錯——巡當然無法理解。
因為沒有相同的經歷，類型也不一樣。
「但也正因為這樣，我才能看出盲點啊。」
從巡的角度看見盲點。

只有他才能找出的突破口。

「既然把我當成摯友，你至少該聽一聽我的意見吧？」

「但是……」

我能明白巡的意思。

老實說，也覺得很有說服力。

然而……有另一件事還是讓我耿耿於懷。

「我還是……不能把你們捲進來。」

我面帶苦笑地說。

「每位表演者都對舞台期待萬分，只期盼能在碧天祭展現自己的表演。怎麼能因為我個人的問題讓他們扛下這些責任呢？」

他們也有各自的處境，帶著各自的期望加入這個舞台。

我當然不能擅自將自己的問題強加在他們身上。

可是……

「……不不不。」

不知為何，巡搖搖頭露出苦笑。

然後——

「不是你說要參與我的人生嗎？」

聽到這句話——我愣住了。

我對巡產生的焦躁感，無法接受他擅自跟我拉開距離。

結果……我自己也讓別人有這種感受嗎？

「每位表演者不是都很信任學長嗎？」

這句話——讓我想起他們的臉龐。

或許真是如此。

就算跳脫工作這個框架，我也會好好尊重他們。

既然一起辦舞台活動，我就想把他們當成好夥伴。

這樣的我……原來深得他們的信任嗎？

「我猜他們……」

巡這麼說，並對我微微一笑。

「一定很想為學長出一份心力。」

「……這樣啊。」

我「呼」地嘆了口氣，仰望教室天花板。

感覺真不可思議。

原本我腳下總踩著堅硬厚實的地面。

此刻卻有種奇妙的失重感，彷彿地面忽然消失無蹤。

但也覺得自己哪裡都能去了。

跟過去相比，彷彿變得無比自由——

「……試著說說看吧。」

我自言自語地說。

「把事實告訴他們吧……」

「嗯嗯，就這麼辦。」

說完，巡露出一抹安心的笑容。

啊啊……如果跟這小子，跟這個學弟一起努力，我們一定能跨越各自的難關。

第五話 chapter5

【革命前夕】

「——真的很抱歉，讓你們知道這麼丟臉的事！」

隔天放學後，一如往常的特別教室。

在盡可能出席的表演者們面前。

六曜學長——這麼說並低下頭。

「我真的很想……贏過二斗和主舞台，我非贏不可。但再這樣下去不是辦法，光靠我一個人真的無能為力……」

六曜學長把情況解釋清楚了。

他心中的創業夢，遭父母堅決反對。

要獲得雙親認同——就要達成「讓自由舞台的觀眾人數勝過主舞台」這種不合常理的條件，他一個人根本不可能實現。

接著他抬起頭。

看著每一位表演者——

「所以……我需要借助你們的力量。」

用斬釘截鐵的口吻這麼說。

「不論是在場的人，還是今天沒出席的人，我都希望你們能幫忙……」

……終於說了。

我感慨萬千地看著這一幕。

那個堅持要「獨自努力」的六曜學長——終於向大家請求協助了。

彷彿有股熱流湧上心頭。

昨天我和六曜學長互相宣洩了彼此的心情。

在雨中追逐了好幾圈，才終於將各自的真心話據實以告。

如今也大大改變了六曜學長的想法。

做出這個決定肯定需要勇氣，畢竟改變生活態度是件很可怕的事。

其實我也很害怕，擔心我喊出的那些話會給六曜學長帶來多大的影響。

擔心我宣洩的那些情緒能不能推動他前進。

所以……我在心中祈求。

希望這些話能傳進每位表演者的心坎裡。

希望學長的心情能大力扭轉自由舞台的現況。

然後——在場的所有人。

聚集在此的表演者明顯有所動搖。

他們應該完全沒料到，自己的表演會如此左右一個人的人生吧。

再說，今天應該也沒讓他們知道集合的理由。

波坦金戰艦、吾妻綺羅羅學姊。

OBORO月夜、FLIXIONS的成員，以及其他參加者。

每個人的視線都游移不定，跟同伴竊竊私語。

「……老實說。」

看了他們的反應，學長繼續說道：

「我沒辦法馬上報答各位的恩情，你們這麼做也沒有任何好處，或許只是白白付出時間和勞力而已……」

這句話……完全正確。

六曜學長終究只是為了自己的利益而拜託眾人。

隱瞞這些真相，對他們來說並不公平。

「所以，如果各位沒有意願，也可以無視我的請求。我發誓絕對不會改變各位在自由舞台應有的待遇，也想像之前那樣加倍重視各位的演出……可是……」

至此，學長再次加強語氣說：

「如果各位有那麼一點……願意幫忙的念頭，想要幫助我的話……就算只有一點點也好，希望你們能用各自的方法，在能力範圍內……給我一點力量。我想請各位一起思考聚集更多人潮，打造完美演出的對策！」

六曜學長的嗓音在教室裡引發短暫的回響。

隨後，他用力低下頭。

「我在這裡——向各位誠心懇求！」

——並用帶著堅定意志的語氣，直截了當地這麼說。

聲音像平常一樣深沉宏亮。

不過——還是能聽出嗓音中帶著幾分不安的動搖。

片刻的靜默籠罩了整間教室。

短暫到連喘口氣的時間都不夠。

但在聲音的餘韻消失，學長的心願消散在空氣中之前……

「——我可以唷～」

表演者之間——傳出某個輕盈的嗓音。

可愛的動畫聲線。

輕快又愉悅的音調。

我循聲望去——

「我會全力幫忙～」

——是吾妻學姊。

不按校規穿著的制服，全身各處戴滿亮麗的飾品。

光是存在本身就充滿流行夢幻氛圍的她，一臉雀躍地舉起手。

「……真的假的。」

六曜學長似乎有些意外。

但還是如釋重負地笑了起來。

「謝謝妳，我太開心了。」

「不客氣～」

「但真的可以嗎？這對妳一點好處也沒有。」

「哪有哪有～」

吾妻學姊揮揮手。

接著用依舊可愛的笑容和俏皮語氣說：

「因為我看nito很不爽嘛！」

——！

「她是今年才開始活動的嗎？」

吾妻學姊用如同歌唱般的語氣繼續說：

「以前不管是這間學校還是網路上，最出名的女孩本來是我才對，她卻一下子就把話題搶走，有些粉絲還跑到她那裡去了，我實在應該把她徹底幹掉才對～」

原來如此，原來是這樣啊……

……不是，太恐怖了吧！

用那種語氣說這種話太嚇人了啦！

我能理解她的心情，她卻面帶笑容說出「不爽」這種話……

再也不能用純欣賞的眼光看待吾妻學姊的舞蹈了……

六曜學長卻笑得樂不可支。

「是嗎……這樣很好啊，我們一起打倒她吧。」

「嗯。總之我會將舞蹈動作再次修正，今天開始也會在直播上每天宣傳。網路觀眾也算在內吧？那我應該可以幫不少忙。」

「謝謝妳，幫大忙了！」

「別這麼說～這都是為了打倒ｎｉｔｏ嘛。」

聽了吾妻學姊說的這些話——

「女人的戰爭好恐怖喔～」

「對啊！真不想被牽扯進去～」

波坦金二人組這麼說。

語氣中帶著幾分愉悅和奸詐，似乎覺得很有趣。

這些話吾妻學姊好像全聽進去了。

「……哦？」

她往波坦金瞪了一眼。

「那你們呢？想夾著尾巴逃走嗎？太遜了吧～」

「不不不。」

「我們當然要加入啊！」

波坦金神色慌張地如此主張。

「六曜同學這麼照顧我們，當然要報恩啊。」

「而且贏過那個n:ito的話，我們應該會更受歡迎吧？」

「總之我們會重新挑選題材，而且我們有YouTube頻道，也會在那邊宣傳。」

「……啊～如果要在網路宣傳的話。」

OBORO月夜的貝斯手靈機一動地說。

「我們來做個類似PV的影片吧？」

「咦，你們會做這種東西呀？」

「嗯。」

看到吾妻學姊雀躍的反應，貝斯手始終一臉平靜。

「以前我們就會自己做PV，演唱會的宣傳影片也都是自己做的喔，只要有素材就能剪輯影片。」

「啊～不然這樣吧！乾脆來拍一支新影片！」

此時開口的人，是舞團FLIXIONS的女團長。

「先來個自由舞台的預告片，再做好幾支PV——」

「——乾脆直接秀出『打倒主舞台』這個概念也不錯——」

「——啊～好主意！」

「——觀眾應該也會很嗨吧！」

轉眼間——所有人開始腦力激盪。

在場所有人打破了表演者和工作人員的隔閡，不斷提出點子。

大家接二連三拋出方案，有人將方案優化，也有人持反對意見。

意見大致統整完畢後，有興趣的人紛紛喊出「這個我來做！」、「這交給我吧。」並攬下工作。

「這……」

眼前這一幕——確實充滿了熱情。

以往的自由舞台總是不太熱烈的感覺。

所有人都抱著「開心就好」的心情，實際上也是如此。可以想見未來我們會在這個地方稱讚彼此「做出了超棒的舞台」。

這種感覺也不錯。

這樣的舞台一定也能變成愉快的回憶。

可是現在……充滿了熱情。

現場瀰漫著「打倒主舞台」這個信念，所有人首次團結一心。

——說不定能成功。

我第一次有這種確切的感受。
——或許我們真的有機會和主舞台抗衡。
雖然還看不出具體的計畫。
主舞台是實力堅強的強敵，也是無可撼動的事實。
可是……只要有這份熱情。
只要維持這股熱烈的氣氛，在碧天祭開幕前反覆嘗試……肯定能一較高下。
要贏過主舞台並非癡心妄想——
「既然如此……」
看著大家討論的模樣。
看著互相交換意見的表演者、工作人員和六曜學長——五十嵐同學開口道：
「既然如此……我們也該加把勁了。」
「……是啊。」
「難得學長把士氣拉抬起來了，我們也得繼續思考對策才行……」
「……啊，說到這個。」
我對五十嵐同學說：
「我有一個好點子。」

「……好點子？」

「對，把這個點子告訴表演者的話，他們會更加熱情澎湃……」

於是——我開始說明。

這個稍嫌魯莽，可一旦成功就能發揮巨大宣傳效果的點子——

＊

「——所以想徵求您的許可，讓我們在午休時間播放廣播節目。」

放學後，教職員辦公室的會客區。

我對坐在眼前的本校教務主任——東老師如此主張：

「碧天祭自由舞台的表演者們現在鬥志高昂，所以能不能讓他們參加的廣播節目每天播放呢……？」

——廣播節目。

本次我向五十嵐同學提出的——就是這個點子。

這原本是六曜學長的構想。

這個點子就是針對碧天祭製作午間廣播節目。在節目中介紹自由舞台，讓更多學生認識自由舞台的存在。

我覺得成效應該很驚人。

想聚集人潮的話，最重要的就是讓人知道這個活動的存在。

而且也必須讓大家對表演者感興趣，好奇會有哪些表演。

所以只要在校內播放他們的廣播節目——在天沼高中不知為何沒有的午間廣播中進行全校廣播的話，應該會帶來很棒的宣傳效果。

我和五十嵐同學都滿懷期待前來交涉。

可是……

「——這件事我不是說不行了嗎！」

教務主任——拔高音量如此主張。

「吃飯時間就該安安靜靜！所以禁止午間廣播！」

他的說話方式帶著幾分激昂，卻又有點鬆散拖沓。

跟波坦金的模仿簡直一模一樣，讓人印象深刻。

有些學生會把他的說話方式當成笑柄，但其實我還滿喜歡的。

「我也跟執行委員長說過了吧！他沒告訴你們嗎？」

教務主任用這種聲調愈說愈激動，堅決不肯妥協。

沒錯——六曜學長也被拒絕了。

因為「吃飯就該安靜」這個教務主任的個人規矩遭到否決。

嗯，不過……感覺有點自私啊。

基於自己的喜好，不讓學生做想做的事。

我想……這就是本校沒有午間廣播的原因吧。

如同波坦金的搞笑短劇，這個人最喜歡循規蹈矩和要求別人守規矩。

不僅如此，他還會永無止境地訂立規則，身為學生也只能苦笑。

只是……

「不，我們當然聽六曜學長說過了。」

一旁的五十嵐同學這麼說，並交出「一張紙」。

「所以今天我們有備而來，想再跟您商量看看。」

沒錯，今天我們來此之前做了某些準備。

我們找到足以推翻教務主任意見的「某個後盾」，來進行第二次的交涉。

「……哦，這是……」

教務主任目不轉睛地看著五十嵐同學交出的那張紙。

「我看看……決定在『杉並社區ＦＭ』開設特別單元……」

「是的。」

我探出身子，指著紙張開始說明：

「喏，街上不是經常能聽見由杉並區負責製作，類似地方電台的廣播嗎？除了荻窪之外，也會在西荻、阿佐谷和西武線播放，收聽人數應該相當可觀。」

說著說著，我也在腦中回想。

比如上下學、出去玩或是買東西的時候。

街上總能隱約聽見這個ＦＭ廣播節目。

第一次出門採購班上的活動用品也是，跟二斗報告「我是自由舞台的工作人員」時，這個廣播也傳入了我的耳中。

「其實前幾天我們去跟區公所談過了。」

我繼續說明。

「和他們商量能否在『杉並社區ＦＭ』製作天沼高中自由舞台的期間限定節目，只播到碧天祭當天為止。」

「……咦？什麼？」

這似乎超出他的預料。

教務主任先是摘下眼鏡，仔細閱覽手上的資料。

「去區公所……討論節目……」

「對。」

「這、這……」

接著抬起頭看向我們。

「你們有跟老師報備嗎！學生怎麼能擅自做這種事呢！」

「啊啊，當然有跟老師報備，是文化祭統籌的御手洗老師和班導千代田老師。千代田老師那天還陪我們去區公所。」

「……原、原來如此。」

「而且——」

見教務主任點頭，我又將身子往前探。

「——也獲得同意了。」

我加重語氣，說得清清楚楚：

「他們決定讓我們製作節目。」

——負責人也非常感興趣。

還非常開心地收下我們帶過去的企畫案。

為了吸引年輕聽眾，他們本來就想邀請當地學生製作一檔節目，我們正巧提出了這個跟文化祭企畫相關的節目，甚至還帶著「想贏過主舞台」這個簡單明確的目標。

負責人甚至還說「他想不到拒絕的理由」。

所以他想邀請表演者錄製三十分鐘的節目，預計每天在「杉並社區ＦＭ」播放。其實第一集和第二集……吾妻學姊參加的集數已經錄製完畢，再來只要等節目播出就好。

「而且……區公所負責人還說，務必也在天沼高中播放。」

我繼續向教務主任說明：

「他說『希望天沼高中能一起同樂』，區長似乎也對這個企畫讚譽有加。」

「連區長都……」

「所以您意下如何呢？」

看到教務主任無比動搖的模樣，我再次拋出問題：

「要不要在午間播放廣播呢？要不要讓本校也配合這個企畫？」

——這樣應該有效。

教務主任喜歡循規蹈矩，也就是說，他不敢違抗上層的指示。

對遵循規矩充滿快感的類型，應該不敢拒絕「區公所」這種地方自治團體的要求——

……這種弱點正是六曜學長不擅長的領域。

那個人總愛正面對決，跟教務主任這種人太不對盤了。

正因如此……像我這種人。

像我這種敢做卑鄙勾當的人，才能找到突破點。

這就是我本次想到的主意。

果不其然，經過令人焦急的幾秒後——

「……好吧。」

教務主任嘆了口氣，對我們說：

「我同意你們……在午休時間播放節目。」

＊

得到午間廣播許可的隔天。

我們馬上就在午休時間播放第一集節目。當天放學後——

「……好久不見啊。」

「嗯。」

我和二斗久違地相約一起回家。

「最近我們都很忙嘛。」

「對啊。」

像這樣的閒聊……應該是那天以來第一次。

聽到二斗說「我毀了你的人生」之後。

我「呼」地嘆了口氣，並望向四周。

通往車站的熟悉道路，夕陽西沉，東方天際早已染上群青色。

橙色殘光在西方天空透出複雜的色調，襯映著二斗的髮色。

我們望著眼前景象，向彼此低聲傾訴。

「離正式演出只剩一週了，能稍微鬆口氣了嗎？」

「嗯，但我還是覺得自己的演奏要繼續加強。」

「咦～真的嗎？但妳的演奏已經很厲害了吧？」

「誰知道呢，但我自己沒辦法接受啊。沒有超前部署的話，我可能會懷著不安的心情迎接正式演出。」

從頭到尾都是輕鬆的語氣。

像平常一樣沒什麼重點的對話。

可是……卻能明顯感覺到距離。

我和二斗明明近到肩頭相抵的程度，卻像是隔著一層薄膜在說話。

二斗的聲音和話語都透露出些許緊張。

……她果然還是無法原諒自己。

依舊對可能傷害六曜學長，最後可能會毀掉我一生的自己充滿罪惡感。

所以——我決定告訴她。

把我此刻所想，以及想做的決定都告訴她。

因為我希望……二斗也能開心。

可以的話，也希望她把碧天祭和這段不知循環多少次的高中生活當成美好的回憶。

「我……」

——我一步一步走著。

輕輕吸了一口氣，並開口說道：

「……我會幸福的。」

二斗像是冷不防被突擊般轉頭看我。

我直盯著她的雙眼，不知為何笑了起來。

「不管發生任何事——我都一定會讓自己幸福。」

我用宣示般的語氣對二斗說：

「或許在妳看來，我的人生確實是被妳毀了。我可能真的會遭逢不幸，其實……我心裡也有底。」

第一輪高中生活。

一事無成，渾渾噩噩的那三年。

我不認為那是二斗的錯，百分之百是自作自受。

可是……或許在旁人眼中就是不幸，也讓二斗覺得「她毀了我的人生」。

「所以我決定了。」

我將視線轉回前方，看著車站周邊的熱鬧商圈。

走過無數次的熟悉街景，路燈慢慢點亮，理所當然的景象。

可是這片景色——

「我想改變，想先靠自己的力量找到幸福。」

——看起來比第一輪高中生活鮮明多了。

跟當時震懾於二斗的才華，只能眼睜睜看著她愈走愈遠的時候相比，眼前的景色清晰多了。

可以像這樣——看得清清楚楚。

「仔細想想，上天也很眷顧我呢。」

說完，我笑著看向二斗。

「父母很正常，雖然算不上富裕，生活也過得去。住在東京都內，還能上高中讀書，也交到不錯的朋友。世上應該很多人沒有這些條件吧。」

「這……是啊。」

「我在這方面不必吃苦，所以未來就是我自己的責任。我想靠這份責任推動我的人生，想努力接近真正想去的地方，途中發生的任何事——都不是二斗的過錯。」

我真心這麼認為。

決定聽從自己的意志留在二斗身邊。

這不是別人的責任，而是我的。

我也不想交給其他人。

「而且我猜……六曜學長也一樣。」

六曜學長。

我說出這個名字後——二斗輕輕咬住下唇。

「那個人也想靠自己的責任掌握未來，不管成功或失敗，抓住的都是他自己的人生啊。所以——」

不知不覺——我們已經來到車站前。

荻窪站，我總是在這裡目送住在都心宿舍的二斗回家。

在周遭路燈的映照下，白色光芒似乎在二斗身上形成了漫反射現象。

我對這樣的她——

「二斗——妳就做好自己該做的事。」

——如此說道。

像是在她身後給予支撐。

也像是要輕輕推開她似的。

「這樣一定會，讓我們走向幸福的結局。」

「……是嗎？」

二斗垂下視線這麼說，彷彿在細品話中含意。

「這會讓你們變得幸福……」

「我跟妳說……」

這時，我忽然拉高音調。

「其實……自由舞台現在超強的喔，不但氣氛炒得火熱，宣傳也打得很凶！」

是啊——之後我們還要一決勝負。

可不能一直像這樣鬱鬱寡歡互相勉勵。

從現在起，我想作為一個好對手……

想以優秀且不容輕視的勁敵身分，站在二斗面前。

「老實說，我開始覺得我們真的有機會贏過妳了。」

聽到這句話——二斗目瞪口呆。

彷彿真的大吃一驚，嚇得六神無主的表情。

——她一定是第一次聽到這種話吧。

在她經歷無數次循環的高中生活中。

我肯定是第一次說這種話——

或許我真的嚇到了二斗，讓她看見了「未知的未來」。

我在心中用力握拳慶祝。

可是——二斗也沒有乖乖就範。

「……是喔？」

收回原本那個不適合她的表情後，她露出一抹凶狠的笑。

「你們要贏過我啊……」

「是啊，如果妳繼續灰心喪志，那就更輕鬆了。我們會把文化祭的風頭全部搶過來。」

「哦……」

面對我刻意的挑釁，二斗樂不可支地瞇起雙眼。

「這麼有自信啊，居然想靠那些烏合之眾贏過我們？」

「沒錯。」

我在她面前明確地點點頭。

「因為是烏合之眾才能努力。正因為不是天才，我們才能勇敢奮戰。」

——正因為不是天才。

是啊，這次我才發現還有這種戰法。

單一表演的水準或許都敵不過主舞台。

精細度、美感和技術可能也遙不可及。

可是——熱情。

我們想盡辦法挑戰這種強敵的熱情。

這一定能大大扭轉比賽的結果。

因為舞台是碧天祭，不是評選會也不是獎項爭奪戰——而是節慶。

「那我可就拭目以待了……」

二斗勾起一抹淺笑這麼說。

她的表情帶著激昂和些許焦躁，重點是還有幾分期待。

接著她挺起胸膛，露出清純可人的笑靨。

用足以讓見者為之傾倒的表情

「我會——將你們全部擊垮。」

說出這種最終大魔王的台詞——

「——讓你們見識次元的差異。」

Tomorrow, when spring comes.

明日，裸足前來。

#HADAKOI

第六話 chapter6

【Carnival】

——時間來到碧天祭當天一早。

天氣晴朗，氣溫以十一月來說算是溫暖。

樹木在初冬陽光下閃耀著銀色光芒——是最適合舉辦文化祭的完美天氣。

然後——天沼高中第一體育館。

全校學生集結在此。

「——嗚哇~真的是一眨眼的工夫啊。」

講台上的六曜學長——用朋友間話家常的語氣這麼說。

「我當上文化祭執行委員長也才兩個多月，各位的準備期間應該也跟我一樣長吧……怎麼樣？準備得萬無一失了嗎？」

聽到這個問題，我用力點頭。

周遭的學生也都懷著各自的感慨點點頭，目不轉睛地看著六曜學長。

——開幕典禮。

只舉行一天的碧天祭，就以在體育館舉辦的這場活動開跑。

先由校內展覽及模擬店等各負責人，以及活動統籌的御手洗老師上台致詞。

最後再由——執行委員長六曜學長的致詞揭開文化祭的序幕。

現場早已瀰漫著蒸騰的熱氣。

抬頭看著講台的學生們，臉上都充滿期待與激昂。

明明已經是十分涼爽的季節，有些學生的額頭卻沁出汗水。

這麼說來……我也相當興奮與緊張，全身上下熱燙不已。

究竟會變得如何呢……

今天到底會是怎樣的一天……

「不過，都這個時候了，我也不會拖太長啦。」

說完，六曜學長哈哈大笑。

「我想說的是，小心別讓自己受傷，還有適當遵守規則。太難的話我也不會說，總之就是一切順利……嗯？不能適當遵守？要好好遵守？好啦～那就請各位嚴格遵守規矩吧。」

舞台下的御手洗老師和六曜學長的互動，引發哄堂大笑。

隨後——他輕咳幾聲。

用充滿自信的眼神看著我們。

「最重要的是——好好享受吧。」

用清晰明朗的嗓音這麼說：

「今年是獨一無二的碧天祭，大家就玩個痛快吧！那麼……」

說完，學長環視會場一圈。

「要開始嘍……各位，準備好了沒？」

周遭的工作人員、老師和聚在會場內的學生們都點點頭。

見狀，學長吸了一大口氣。

「我在此宣布——第四十三屆碧天祭正式開始！」

用宣示的口氣——大聲說道。

現場同時響起熱烈的掌聲，後方的銅管樂隊也開始演奏熱鬧的樂曲。

執行委員們揮揮手退到舞台側邊後——

今年的碧天祭，也是決定我和天文同好會成員未來的一天就此展開。

*

「真可惜～你居然不能留在班上。」

「我本來想讓坂本扮演成『轉生異世界的主角』耶。」

「感覺超適合的。」

「呃，那是什麼Cosplay啊……」

我回到熟悉的校舍。

在我和二斗就讀的一年七班教室前。

聽到西上、鷹島和沖田說的話，我不禁苦笑。

「哪有看起來像異世界主角的裝扮……」

如同先前的決定，我們班推出的是Cosplay咖啡店。

咖啡店菜單雖然很陽春，但擔任店員的同學們會裝扮成不同角色接待客人，就是以此為概念的模擬店。

順帶一提……在我看來，大家顯然在Cosplay下足了工夫。

動漫和遊戲的Cosplay自然少不了，但還有當紅諧星、運動選手、歌手和YouTuber，甚至連VTuber到學校老師都有，全班同學都隨個人喜好各自裝扮。

附帶一提……西上扮成半獸人，鷹島扮成哥布林，沖田則扮成女騎士。

真虧他們的主題能過審啊。

而且沖田的女騎士裝扮未免也太適合了，看了真不爽。

「但你也很努力準備自由舞台吧？」

「有時間的話，我們也會去看看喔。」

「……喔，謝啦。」

如他們所說……我和五十嵐同學要負責舞台工作人員的工作，所以今天不必在班上幫忙。

不僅沒參與班上的準備工作，活動當天還被他們關切，感覺真不好意思……

但我會把這份努力拿來打造絕佳的舞台，也決定在休息時間作為客人抽空光顧，看看班上的狀況……

順帶一提，二斗今天也忙得不可開交，所以一整天都不會出現。

她現在一定在碧天祭營運總部大顯身手吧。

而且……今天我和她也有個私人約定。

是跟舞台完全無關，男女朋友之間的約定。

這也讓我充滿期待，現在就已經興奮難耐了……

嗯……希望是個美好的一天。我再次暗下決心，要讓今天完美收場。

「──好，出發吧，坂本。」

把東西收拾完畢的五十嵐同學從教室裡走了出來。

「區民活動中心差不多要開了。」

「OK。」

我也點點頭，將書包重新揹在肩上。

然後……

「那我們走了。」

「好喔！」

「加油啊～！」

對西上他們揮揮手後——我們便前往自由舞台的場地，區民活動中心。

*

——會場的準備工作已大致完工。

所有窗戶都貼上黑幕，提前設置的燈光打亮了四周。

舞台已經請業者搬進場內，音控器材區設置在觀眾席後方。

裝設在舞台兩旁的大型喇叭正在播放音樂進行最終確認。

我們在觀眾席正中央——組起了圓陣。

這是用心準備至今的所有表演者和工作人員組成的巨大圓陣。

僅僅兩個月。

只和他們一起度過了六十天左右的短暫時光。

但回過神才發現，自己不知不覺對他們有了感情。

尤其是六曜學長說出真心話之後，每一天都過得無比充實。

為了反覆練習和擬定宣傳策略，每天都留校到很晚。

有時也會爭論，甚至演變成吵架的程度。

可是……這一切都是為了打造出最棒的舞台。

就因為拚命想達成這個目標，才會產生這種硬碰硬的爭執。

然後——今天。

迎來了正式演出的這一天。

「……終於來了。」

六曜學長冷靜地開口道。

「再十分鐘就要開場了，一直到下午四點舞台表演都不會間斷，這樣就只能一路衝到最後了。」

聽到這句話，聚在現場的所有人都點點頭。

學長開心地看了我們一輪後——

「……真的感謝你們陪我走到今天！」

說完——他深深低下頭。

「光靠我一個人的力量根本辦不到！能走到這一步，全是各位的功勞……！所以！」

六曜學長抬起頭。

咧嘴一笑。

「今天——一定要打造出最棒的舞台！」

「「「喔！」」」

「打倒主舞台！」

「「「喔！」」」

「最重要的是——使出全力放手一搏吧！」

「「「喔！」」」

「自由舞台，衝啊！」

「「「喔！」」」

——現場響起熱烈的掌聲。

波坦金、吾妻學姊、ＯＢＯＲＯ月夜、ＦＬＩＸＩＯＮＳ，每個人都笑容滿面。

自願表演者們也幹勁十足。

表演魔術的高一生，表演木偶劇的學長姊，帶來書法表演的書法社，都表現出不亞於挖角組的激情。

當然——我也一樣。

用盡全力拚到今天的我自己，也因為翻湧的熱情渾身發熱。

好想趕快讓他們看看。

好想把這些表演者準備的演出呈現給觀眾。

我懷著坐立難安的心情，慌慌張張地確認場地狀況。

「——準備開場嘍～！」

負責控管時間的學生在入口喊道。

我反射性地環視周遭一圈。

工作人員已經就定位。

打頭陣的波坦金戰艦也已經在舞台側邊待命。

燈光、音響也照常運作——嗯，沒問題了！

以工作人員為首的準備工作相當周全！

「……好了，結果會如何呢？」

面對湧上心頭的緊張感，我嚥了嚥口水。

「第一批觀眾會有多少人呢……」

其實現階段已經十拿九穩了。

表演者們在網路上拚命宣傳，看起來也是好評不斷。

ＰＶ的觀看次數很高，留言區也出現了「我要去！」、「我會在遠方收看直播！」等評論，「杉並社區ＦＭ」也帶來了巨大迴響。

所以今天……到底會來多少人呢？

往年會來觀看自由舞台第一組表演的觀眾，只有二十人左右。

希望今年來的人至少能翻倍……

「準備開門～！」

在我思考的同時傳來了這個聲音。

從敞開的大門縫隙間——

「——喔～好酷喔！」

「──規模比去年正式多了！」

「──真的很用心耶。」

──大量人潮蜂擁擠進會場。

有本校的學生，也有人穿著沒見過的制服，像是其他學校的學生。

有看似監護人的成年人，甚至連似乎是表演者粉絲的年輕男女都來了──

數量……是不是超過百人了？

光看這個場面，應該不是幾十人的程度而已吧……？

一股顫慄──竄過我的背脊。

超乎想像。

事前的宣傳效果好到超乎想像……！

「一切順利」的快感，以及學長和表演者的努力獲得回報的溫暖喜悅。

此刻彷彿都乘著血液流遍全身。

我也在人潮中看到熟悉的面孔。

我的妹妹瑞樹，還有跟她一起來的真琴。

那傢伙也來了啊。看見興奮張望的瑞樹和有些驚慌的真琴，我覺得非常感動。

還有杉並社區ＦＭ的工作團隊。

區公所職員應該相當忙碌，他們卻願意撥空前來。

以及——櫻田女士。起初對我們使用這間區民活動中心處處抱怨，之後也以地方居民的立場給予協助的那位老婦人也來了。

她還是打扮得那麼漂亮，全身裝扮比身旁的高中生還要亮眼，甚至會以為她也是今天的表演陣容之一。

而且她……

「你們看～這場地很像樣呢！」

「哇～好厲害啊。」

「最近的學生也這麼能幹呀。」

還帶了朋友來。

好幾位與她年齡相仿，充滿時尚風情的男女。

——眼前這一幕讓我感到欣慰。

似乎能看到超乎期待的開場，也讓我激動不已。

「好……開始吧！」

我點點頭，跑向舞台側邊準備待命。

*

然後——舞台開演約莫一小時後。

在第三組表演完畢準備交接時——

「——坂本~換你休息了~」

五十嵐同學這麼說，並來到舞台側邊的工作區。

「自由時間一小時，要準時回來不准遲到喔。」

「喔，了解。」

「對了……狀況如何？」

五十嵐同學語帶忐忑地問：

「舞台、還順利嗎……？」

開場後沒多久，五十嵐同學就先去休息了。

所以她對表演開始後的狀況一無所知。

「直播跟會場的氣氛……熱不熱烈？」

看她不安的反應——

「嗯～這種感覺吧。」

——說完我便拿起手機，讓她看剛剛結束的表演影片。

也就是ＯＢＯＲＯ月夜的演唱影片。

「喔、喔喔喔喔！」

——超級熱烈。

隔著手機螢幕也能清楚感受到舞台的氣氛有多熱。

ＯＢＯＲＯ月夜是以超快曲風為賣點的另類搖滾樂團。

但他們的歌曲具有流行性，整體感覺就像「在網路上也廣受好評的時下搖滾樂團」，因為舞曲很多，影音網站上的ＰＶ觀看次數也相當驚人。

他們的舞台——徹底引爆全場，甚至會讓人誤以為這裡是Live house。

觀眾席的歡呼聲不斷，看似粉絲的那些人又跳又舞，開心得不得了。

其他觀眾當然沒有被冷落。

瑞樹和櫻田女士也開心地舞動身體不停拍手——

將近兩百名湧入會場的觀眾，都在盡情享受他們的演奏。

「很厲害耶！太讚了吧！」

「對吧？真的非常順利。」

「直播那邊呢？觀看人數有多少？」

「那邊大概三百人吧……目前雖然還沒贏過主舞台，但數字也不停攀升……嗯。」

我點點頭，看向五十嵐同學說：

「有辦法和主舞台一戰。情況順利的話，搞不好真的能贏！」

「……好。」

五十嵐同學露出充滿決心的笑容點點頭。

「接下來還要繼續宣傳到最後一刻，網路和校內廣播應該還能再塞一點進去。」

「好，就這麼辦——」

——像這樣討論到一半時……

「……喔？」

口袋裡的手機開始震動。

看樣子是她打來了。

「……啊～是她嗎？」

「嗯。」

五十嵐同學似乎已經察覺到了，我向她點點頭並將書包揹起。

「這樣啊，雖然狀況如此……但還是好好玩一下吧。」

「好，謝謝妳。」

我點點頭往會場出口走去。

「那就待會見。」

「嗯，待會見。記得準時回來，別玩得太瘋。」

五十嵐輕聲笑道：

「別看我這樣，我還是很依賴你的喔。」

＊

「——嗨，久等了。」

「沒有，我也是剛剛才到。」

然後——我回到天沼高中。

通過寫著「歡迎蒞臨第四十三屆碧天祭！」的華麗入口後。

「……主舞台沒問題嗎？」

「嗯，必要工作全都交代出去了。」

她盯著我的臉——露出得意的笑容。

「所以……就放寬心好好玩一會吧，巡。」

——二斗。

這次她是擋在我們自由舞台前方的強敵。

這樣的她……現在卻難掩興奮之情，對我露出可愛的笑容。

她的髮絲在秋日之下顯得閃閃動人。

穿著制服裙和碧天祭工作人員的T恤。

跟我一樣外面又穿上運動外套的二斗——

「是嗎？那太好了。」

說完——我有些緊張地握住她的手。

然後……

「好，走吧！」

「嗯！」

邁開步伐前往熱鬧的校園。

「——我想跟妳一起好好地逛文化祭。」

最先提出這個想法的人是我。

「妳是副執行委員長，又得忙主舞台的事，還要上台演出，應該忙得不可開交……」

幾天前放學後，我們一起回家，走在通往車站的路上。

我——下定決心對她說出口：

「但我還是……想跟妳一起享受碧天祭。」

最近的氣氛好像不適合提這件事。

畢竟發生了「毀掉我的人生」那件事，又要忙著準備文化祭。

而且……還要一較高下。

我們向主舞台提出挑戰後，關係就變得有點緊張。雖然不到感情生變的地步，但還是能感受到疏離感。

可是在那之前。

以大前提來說——二斗是我的女朋友。

在挑起勝負這件事前，我和二斗是互相喜歡的男女朋友關係。

既然如此……我想好好享受。

我們首度以情侶關係迎來了文化祭，我想以一對情侶的身分好好享受這個機會。

聽了我的提議後——

「……我、我也是！」

二斗也點頭表示同意。

「我也想跟巡一起逛文化祭！」

——緊握雙手看著我的二斗。

——眼中充滿期待的光芒，臉頰也染上桃紅色。

可能沒料到我會說這種話吧，她看起來有些心急。

那個表情——實在可愛得不得了。

「那、那……我調整一下預定計畫吧……」

我拚命壓抑心情這麼說——

「我跟大家討論一下……看休息時間能不能配合吧……」

——於是……

我和二斗在忙碌中設法安排行程。

才像這樣——成功挪出了可以一起享受碧天祭的獨處時光。

「——不過……」

然後——我們走了幾分鐘。

「怎麼第一站就選這裡啊……」

來到二斗想來的這個地方後——

我搔搔頭髮輕嘆一口氣。

「咦～可是！畢竟是自己班上的活動耶！你不想看看是什麼感覺嗎！」

二斗卻不滿地轉過頭如此主張。

「巡，你不好奇同學們都在做什麼嗎？」

「當然會啊，可是……」

如二斗所說——我們來到自己就讀的班級。

換句話說，就是一年七班的Cosplay咖啡店前。

這間教室被裝飾得十分花俏，一反平常的樸素風格。

寫著「Cosplay咖啡店」的巨大招牌下方貼著現在的工作人員表，目前似乎是由「K—POP偶像」、「某資深諧星」、「某人氣VTuber」、「半獸人」、「女騎士」等人擔任店員。這是什麼組合啊。

……嗯，但確實是滿好奇的。

想知道班上的活動是什麼感覺，有沒有客人光顧。

只是……難得的文化祭，而且還是兩人獨處的好時機。

那就想做點跟平常不太一樣的事情嘛……

「別廢話，快進去！」

「啊～真是的，好啦好啦。」

我對態度強硬的二斗露出苦笑，被她拉著手走進教室。

然後——

「喔喔……生意興隆啊！」

「真的耶，好棒喔！」

——看到眼前的景象，我們忍不住驚嘆。

幾乎客滿。

用平常的桌椅排列而成的這間店裡，幾乎坐滿了客人。

不可思議的是——

「奇怪……連客人都有Ｃｏｓｐｌａｙ？」

不知為何……連座位上的客人也是。

除了在教室裡穿梭的工作人員外，還有幾組光顧的客人也有角色扮演。

為什麼？照理來說應該只有店員要扮裝吧……？

「——喔～是坂本和二斗同學！」

扮成女騎士的沖田一看到我們就走了過來。

「歡迎光臨！有空位都可以坐！另外，想Cosplay的話也有更衣處喔——」

「——不不不，什麼時候變成這樣了！」

我實在太在意了，忍不住開口問他。

教室角落確實有一區堆滿了角色扮演的服裝，也有用簾子圍起來的臨時更衣處。

「本來不是只有工作人員要Cosplay嗎？怎麼連客人都……」

「哎呀，其實有很多客人也想玩Cosplay呢。」

莫名適合扮演女騎士的沖田撩起長髮這麼說。

「所以我們緊急準備場地，還去唐吉訶德補充服裝，讓客人也能享受Cosplay的樂趣！」

「是喔……」

原來如此，是客人的要求啊……

還是有些與眾不同的客人……

不過，居然當天去補買服裝準備場地，沒想到他們這麼有幹勁，讓我有些驚訝。如果沒負責自由舞台的工作，只做班級活動應該也滿有趣的吧……

我在第一輪高中生活居然對文化祭毫無興趣，實在太浪費了。

看著這樣的我——

「——我也想玩Cosplay！」

——二斗氣勢洶洶地這麼說。

「我也想——穿穿看跟平常不一樣的服裝！」

「喔、好……」

「喔，歡迎二斗同學來體驗！請跟我來。」

「太棒啦～要穿什麼呢～」

興沖沖的二斗被沖田帶到更衣處。

「喂、喂，等一下啦！」

感覺被丟在原地的我雖然還是興致缺缺，卻只能慌張地追在兩人身後。

然後——我們選完服裝。

走進更衣處之後——

「……不是，太奇怪了吧。」

「嗯？什麼？」

「不管怎麼想都很奇怪啊……」

「所以是哪裡奇怪啊？」

「……因為要一起換衣服啊！」

被簾子圍住的狹窄角落。

我──對二斗放聲大喊：

「妳想玩Cosplay我沒意見！要我陪妳也無所謂！可是……在同一個地方換衣服太奇怪了啦！」

沒錯……這個空間只有一坪大小。

我跟二斗卻一起被推進這個絕對稱不上寬敞的更衣處。

明明有準備男女個別的空間，我們卻得擠在一起換衣服。

「咦～又沒關係。」

二斗這麼說──

並將她選的Cosplay服裝，暴龍布偶裝秀給我看。

「你看，我們的服裝都是套在制服上而已，穿在身上的又不用脫。」

「是沒錯啦，可是……」

但讓男女在同一個空間換衣服，這像話嗎？
感覺有點糟糕吧……？
順帶一提，我預計要扮成反派大小姐，怎麼會變成這樣啊？
雖然是沖田推薦的服裝，但因為他用「我懂我懂」、「現有的服裝裡面，這件最適合坂本」這些話不停鼓吹，我就要穿這身服裝了。
「嘿咻……」
說著說著，二斗也準備套上暴龍布偶裝的頭部。
她高舉雙手想裝上暴龍的頭。
但不管怎麼戴都戴不好。
「嗯～？」
她嘴裡唸唸有詞，身體動來動去，想找到穿戴的訣竅。
在她旁邊準備戴上金色大波浪假髮的我……
「……嗯？」
——我看到了。
不小心看到——
「……唔！」

看到她的肚子。

因為雙手往上舉，碧天祭工作人員T恤的下襬也往上提。

T恤和裙子中間露出了二斗的肚子。

「……！」

瞬間瞄到的雪白肌膚。

比我這個男人還要纖細的腰圍。

……不行！要是被發現我在看她的肚子，真的會超級尷尬。

依照二斗的個性，可能會像這樣調侃我：「哎唷～？」「巡，我的肚子讓你看到恍神啦？」

所以我還是忍住別看，專心換衣服吧……

「……」

但二斗正在戴頭套。

視線範圍應該很狹窄。

而且現在她一直戴不好頭套，應該完全看不見我才對。

哦～這樣啊……

二斗此刻毫無防備……

……

……總之還是先換好我的衣服吧。

我朝掛在椅子上的洋裝伸出手——結果眼神又不小心飄到她的肚子上，這是不可抗力。

剛才匆匆瞥見的光滑肌膚。

感覺細膩又柔軟，讓人不禁想伸手觸摸的質感。

而且……沒想到有點肉肉的。

二斗給人的印象是全身纖細又修長，肚子卻帶點肉感，看起來很軟嫩。

如嬰兒臉蛋般豐腴又光滑。

忍不住想摸摸看的慾望湧上心頭，我連忙強忍下來。

還有——肚臍。

那是微微凹陷，帶有陰影的肚臍。

從構造上來說，應該跟我這個男生沒什麼兩樣。

只是在肚子正中央出現的微小凹陷而已。

但不知為何卻莫名魅惑，讓我完全移不開目光——

「——巡？」

「嗚喔哇啊啊！」

STAFF

她突然喊了我的名字——害我放聲大喊。

我嚇得立刻轉頭看她。

「你幹嘛……一直盯著我看？」

二斗將眼神轉向我。

她好像終於戴上暴龍頭套了，只見她從長著利齒的嘴巴深處露出臉……看著我。

「……啊、啊啊，沒有沒有！我哪有……」

「……騙人，你明明在看。」

二斗半瞇著眼冷冷瞪我。

「巡，你在看我的肚子吧……！」

「那、那那是……不可抗力！」

糟、糟糕！被發現了！

她徹底發現我在猛看她的肚子了！

「只是不小心瞄到而已，不到盯著看的程度……」

我連忙為自己辯解，二斗卻不肯領情。

「我可是一清二楚，你不但猛盯著看，還偷偷笑了一下……」

「我、我笑了嗎……！」

我剛剛是這種反應嗎！

我居然看著肚子傻笑？連我自己都覺得超噁心……！

二斗應該會覺得很想翻白眼吧……

難道會因為這件事甩了我？

當我在內心瑟瑟發抖時……

「……你覺得我很胖吧。」

二斗用低沉的嗓音這麼說：

「你是不是覺得，沒想到這傢伙是個大肥豬……」

「……啥？」

很胖？大肥豬？

我想都沒想過好嗎！

「怎、怎麼可能啊！我反而覺得有點漂亮……」

「騙人！我就是很胖啦！」

二斗用力把T恤衣襬往下拉，從暴龍頭套中大聲喊道。

「我忙著準備碧天祭，結果胖了兩公斤！所以你在笑我吧！」

「就說沒有了！我只覺得好像很軟嫩，想摸摸看而已——」

「——看吧，還說很軟嫩！你就是嫌我胖——」

——不知不覺我們吵了起來。

已經不能拿沒看到或不可抗力的藉口來開脫了，直到沖田跑來關切：「喂喂，小倆口在鬥嘴啊？」我們才停止爭辯……

*

「——但真的很熱鬧耶。」

在那之後……二斗的心情靠茶和點心慢慢好轉。

我和她一同走在洋溢著文化季氛圍的校舍內。

「有可麗餅、炒麵這些經典的攤位……那邊是偶像研究社將舞台完整重現的表演，這邊有文藝社的說書大賽……」

「呵呵，很厲害吧。你看，連髮廊的模擬店都有！」

我看向二斗所指之處……確實如此。

某一班居然開了名為「天沼沙龍」的髮廊。

可能是家裡開髮廊的學生，或立志當髮型設計師的學生提供的剪髮服務吧。

這種模擬店未免也太創新了。

還有——校內廣播。

在廣播社經常播放的校內廣播節目中——

『——接下來是由老師帶來的單元，大家熟悉的現代文千代田老師的「百瀨失戀諮商室」開張嘍～！』

『我是千代田，請多多指教。』

——我噴出來了。

從模擬店買來喝的珍珠奶茶被我噴出來了。

搞什麼啊！

千代田老師，妳幹嘛忽然出現在廣播節目裡啊！

還有「百瀨失戀諮商室」，這到底是什麼鬼單元！

彷彿要解答我的疑問般。

『在這個單元中，將由我千代田百瀨本人親身解答最近失戀的學生們的煩惱。戀愛在劃下句點的那一刻才是關鍵，隨時歡迎戀情破局的你與我商量煩惱唷。』

商量失戀的煩惱？在文化祭聊這種事難度太高了吧！

而且聽千代田老師的語氣感覺很熟練……

……可見不是第一次吧！

難道在前一間任教的學校也做過這種事嗎！

那個人看起來正經八百的，沒想到有這麼瘋狂的一面……

所以我才這麼喜歡千代田老師，也很信賴她……

「……呼。」

大致把校舍逛完一輪後，我輕輕嘆了口氣。

其實……待會我們約好要去某個地方。

我答應要讓她看看某個東西。

「那就……走吧。」

我有些緊張地向一旁的二斗開口。

「休息時間也快結束了。」

「是啊。」

二斗也十分乾脆地點頭說道。

「那就讓我見識一下——自由舞台吧。」

她看著我笑了笑。

「讓我好好看看你們努力的成果吧！」

——燦爛的笑容中沒有一絲驕矜與忐忑。

——冷靜的神情能看出絕對的自信。

沒錯——我要帶她去看自由舞台。

如二斗所言，我跟她約好……等等要讓她看看自由舞台。

「好，出發吧。」

說完，我朝校舍入口走去。

……結果會如何呢？

二斗現在也是一臉勝券在握的樣子。

這也難怪，畢竟不久前二斗都在忙著確認我們的進度。

直到六曜學長向我們說出真心話之前，她把我們預計要推出的表演影片也看過了。

這樣一來……當然能篤定自己的舞台比較精彩。

她應該堅信這次能帶動碧天祭氣氛的人是她自己。

所以……當她看到實際舞台演出後，會是什麼反應呢？

這讓我恐懼萬分，心臟劇烈跳動……我就這麼略顯僵硬地帶她到區民活動中心。

＊

「——那就進去嘍。」

「嗯。」

「準備好了嗎？」

「沒問題～」

於是——我們抵達區民活動中心。

在體育館入口前，我將手搭在門上詢問二斗。

——活動中心的擁擠人潮似乎讓二斗也大吃一驚。

來看自由舞台的人，看完準備回去的學生和當地居民把這裡擠得水洩不通，眼前的景象似乎也超出二斗的預料。

現在在舞台上表演的人……是吾妻綺羅羅學姊。

在ＴｉｋＴｏｋ上人氣攀升的可愛女舞者。

她在表演者當中最致力於「打倒ｎ・ｉｔｏ」，在影片和直播中也不遺餘力地反覆宣傳。

現在隔著大門都能隱約聽見音樂和粉絲的歡呼聲。

所以——一定沒問題。她應該能帶來最棒的演出。

我深深吸一口氣，下定決心打開大門。

和二斗一起進入會場後——

「——喔喔喔喔喔喔喔喔喔！」

「——……真的假的……」

——在熱氣翻騰的場館內，我們不約而同發出驚呼。

在耀眼燈光照射下，學姊在舞台上載歌載舞。

動作和手勢都可愛極了。

她熟知自己每個角度和動作呈現的效果，可說是無人能敵的「可愛」舞姿。

和音響放出的人氣VOCALOID歌曲配合得天衣無縫。

最精彩的是——觀眾席。

觀眾席有好多年輕人，應該是吾妻學姊的粉絲吧。

他們配合歌曲節奏揮舞手中的螢光棒，大聲喊出應援。

這股熱情讓體育館內充斥著無比驚人的熱氣，甚至能感受到地板隨著節奏在震動。

——如夢似幻。

眼前出現了一個脫離日常，宛如異世界的幻想空間。

在我們看得目瞪口呆時，歌曲也結束。

現場響起巨大的聲援和掌聲，吾妻學姊也隔著麥克風向他們道謝。

『謝謝大家～！你們的聲援讓我好感動！也謝謝一起跳舞的人！』

如銀鈴般悅耳的可愛嗓音。

觀眾席的熱情頓時往上攀升，年輕男女紛紛向她送上聲援。

『現場愈來愈熱了，大家要注意身體狀況！不要中暑喔！』

聽到她貼心的關懷，觀眾席又發出歡呼聲。

「謝謝～！」「我們會注意身體～！」還能聽見這些回應。

看到學姊與台下觀眾的互動，我發現一旁的二斗渾身一震。

接著——

『然後呢～在這個前提之下……』

吾妻學姊忽然把音量放低。

持續不斷的歡呼聲也頓時安靜下來。

——她深深嘆了一口氣。

……咦，什麼？怎麼回事？感覺氣氛變了……

正當我疑惑的同時，學姊輕啟雙唇——

『……喂，你們覺得這樣能贏嗎？』

用呢喃的口吻這麼說。

『……你們真的覺得這樣能贏過主舞台……贏過ｎｉｔｏ嗎！』

她說得愈來愈大聲。

觀眾席傳來動盪不安的鼓譟聲。

……怎、怎麼了？忽然發生什麼事……？

原來這個人會在眾目睽睽之下說這種話嗎……？

然後……

『贏不了吧？還遠遠不夠吧！』

她終於——放聲大喊。

太妹，完全是太妹的語氣。

『你們這些傢伙的實力就只有這樣嗎？喂，還能再拚一把吧！』

一字一句都充滿力量，以及絕對要贏的意志。

聽到她的吶喊——觀眾的目光也牢牢盯著他。

『我承認，ｎｉｔｏ確實很強！她是天才，還長得超可愛！照平常那樣做一定會輸給她！可是……』

吾妻學姊握緊麥克風——看著觀眾席。

然後——

『可是——我……我們還是想贏過她！』

——她的聲音在體育館內產生巨大的迴響。

『我在直播時也說了吧！今天的目標就是要贏過她！自由舞台要超越主舞台！我一定要達成這個目標！』

觀眾席——傳來巨大歡呼聲。

「一定要贏！」「綺羅羅絕對會贏！」甚至能聽見這些話。

『謝謝你們……』

吾妻學姊低聲呢喃。

然後……

『可是我……需要大家的力量！』

這時——學姊變回平常那種可愛的表情。

讓人燃起保護欲，惹人憐愛的無辜眼神。

『光靠我的力量還不夠……我需要大家、大家的聲援……』

水汪汪的眼眸，兩手緊緊握住麥克風。

接著——她對觀眾席說：

『所以，拜託大家給我力量！』

——足以掀翻天花板的歡呼聲。

——震耳欲聾的掌聲。

然後——

『接著帶來下一首歌！大家要玩得更嗨喔！「巧克力☆心動☆起司蛋糕」！』

學姊介紹完後——就傳出下一首歌的旋律。

這首俏皮又流行的樂曲，唱出了女孩的戀情。

配合音樂舞動的學姊——和萬頭攢動的觀眾席。

跟剛才相比，此刻的熱情遠遠凌駕其上，光是站在觀眾席後方就全身冒汗。

「——巡。」

我目不轉睛地看著舞台，耳邊卻聽見二斗的聲音。

她拍拍我的肩，嘴巴湊得離我好近。

「我要走了。」

「咦，是嗎？應該還有時間吧……」

說完——我轉過頭。

心想「比預定時間還早啊」並看向她。

「抱歉，我還有事情要準備。」

卻看見二斗神情嚴肅。

「雖然有點早，但我要回去了。」

光是這樣……我就明白了。

二斗——感受到威脅了。

吾妻學姊說的話，熱情如火的觀眾席——讓她心生焦慮。

——以nito名義受到全日本關注的她。

——對我們的舞台感到恐懼。

「……好。」

說完，我也點點頭。

如今我能做的只有送二斗離開。

想必也不需要多餘的話語和關心了。

「那就加油吧。」

「嗯，謝謝。」

「正式演出時我會去看，我很期待喔。」

「知道了。」

留下這句話後，二斗就轉過身。

背對著我腳步飛快地離去。

目送她離開後——我嘆了口氣，穿過席捲觀眾席的熱氣回到工作人員的等候區。

＊

「——贏了！人數又超越主舞台了！」

五十嵐同學發出歡呼——碧天祭也臨近尾聲了。

此時自由舞台的表演者只剩下ＦＬＩＸＩＯＮＳ而已。

「好，很好……」

「是不是真的會贏啊……？」

在舞台側邊的工作人員區裡。

工作人員都聚集在看著電腦的她身邊。

五十嵐同學興奮地指著畫面說：

「你們看！主舞台是九百八十七人，我們現在……有一千零十一人！」

喔喔喔喔——現場發出歡呼聲。

到目前為止，我們都在即時追蹤直播的觀看人數。

網路流量方面從一開始就跟主舞台不相上下。

數字不斷拉鋸，我們還超過好幾次。

以體感上來說……總人數可能是我們會贏？

至於網路流量，應該是自由舞台占上風吧……？

這不是誤會，是情況演變至今帶來的結果。

雖然還沒統計實際來訪會場的人數。

那要等到文化祭結束後才知道，比賽結果要等到那時候才會揭曉……但體育館這邊總是接近爆滿狀態，至少不會有太大的差距。

……說不定真的能贏。

我們或許可以贏過主舞台。

這股期待——在所有自由舞台人員之間瀰漫開來。

「……坂本，最後你要去看吧？」

五十嵐同學從電腦螢幕抬起頭這麼問。

「你會去看千華的演奏會吧？」

「……對。」

我點點頭，所有人的視線便集中在我身上。

「不好意思，我去去就回，得好好觀察敵情。」

「嗯。」

五十嵐同學輕輕點了點頭並這麼說。

「那待會見吧。」

「嗯，待會見。」

說完，我便走出會場。

穿過區民活動中心來到大馬路後，做了個大大的深呼吸。

接下來將決定我們的未來。

六曜學長的競賽結果，以及ｎｉｔｏ正式出道的結果。

或許還有我和二斗的關係。

儘管如此，我還是做好心理準備步步前進。

目的地就是——天沼高中第一體育館，ｎｉｔｏ演出的主舞台。

＊

「……果然很誇張。」

我來到第一體育館。

看到觀眾席的洶湧人潮——我不知不覺發出呢喃。

「到底有多少人啊，應該有破千吧……？」

全校集會時能容納將近千位學生的場館，此刻人滿為患。

因為擺放了椅子，空間沒有平常那麼寬敞，但還是有很多站著看的觀眾。

總人數破千也不足為奇……

「……我們能繼續保持領先嗎？」

我想……目前的觀眾數量還是自由舞台略勝一籌。

網路流量加上實際來場人數，應該也能凌駕於主舞台之上。

所以這場比賽……能繼續撐到最後嗎？

在ｎｉｔｏ絕對會大幅拉開差距的明顯狀況下，ＦＬＩＸＩＯＮＳ能挺過來嗎……

「……不，一定沒問題。」

他們一直拚命努力到今天，這件事我比誰都清楚。

馬不停蹄地宣傳，努力加強演出品質。

從前我對舞團一點興趣也沒有，但看了昨天的彩排我甚至感動到落淚。

所以他們一定能將觀看人數大幅提升。

應該能超越這個舞台……

然後……

「——要來了。」

會場燈光熄滅，點亮了舞台燈。

符合主舞台的樸素風格，舞台上只放了一架平台鋼琴和麥克風。

兩側的喇叭開始播放ｎｉｔｏ的進場音樂。

……好，結果會如何呢？

今天的ｎｉｔｏ會帶來什麼樣的演奏……

心懷忐忑的同時，其實也充滿期待。

完全相反的兩種情緒，讓我在體育館中央附近的座位上坐立難安。

我喜歡ｎｉｔｏ的歌。

喜歡她的歌曲。

所以對今天的舞台抱持著純粹的期待。

慶幸自己能看到一場精彩的表演——

隨後——

經過短暫的等待後——ｎｉｔｏ登場了。

——會場頓時鼓譟起來。

不，不只是會場而已。

看到她——ｎｉｔｏ靜靜面對鋼琴的模樣，我也喊出聲來。

「咦……二斗……？」

——雪白洋裝。

她穿著一套長及腳踝，綴有華奢裝飾的洋裝。

以往二斗穿的主要是黑色洋裝。

網站設計和ＰＶ形象，也都使用令人印象深刻的黑色。

這一定是為了更加凸顯她「陰鬱天才」的形象。

總帶著憂鬱神情歌唱的她，其實很適合這個顏色。

可是——白色。

跟過去完全相反的顏色。

不可思議的是，白色也很適合她。整體感覺變得清朗，腳步也輕盈……彷彿看到了她全新的一面。

但這不是最明顯的變化。

讓群眾譁然的理由並不是服裝。

n·i·t·o站在舞台正面，面對觀眾席。

深深一鞠躬後，她抬起頭——勾起一抹笑靨。

她露出天真無邪、愉悅又幸福的笑容——

——頭髮變短了。

她那原本長度及腰的長髮——變成了短髮。

這應該是鮑伯頭吧。

帶著圓弧線條的可愛髮型。

粉色耳圈染也比過去更輕柔地點綴著她的臉龐。

「不會吧……」

我愣在原地低聲呢喃。

「剛剛明明還是長頭髮……」

沒錯──剛剛。

跟我一起觀看自由舞台時明明還是長髮。

在那之後到現在也沒過很長時間，她是怎麼剪的……？

「……啊啊，模擬店！」

想著想著，我才想起這件事。

「有一班就是開髮廊的模擬店啊！」

我記得是「天沼沙龍」吧，好像有一班用這個店名開設髮廊服務。二斗當時也很感興趣，應該是在那邊剪的吧……

我再次看向舞台上的nito。

她變成短髮的新鮮模樣……

不知不覺間──

「……太適合了吧。」

我低聲呢喃道。

「實在太可愛了……」

長髮當然很適合她。

那頭長髮隨風搖曳的畫面，不知讓我心動了多少次。

不過——短髮的ｎｉｔｏ。

這種清爽又帶點知性的髮型——

真的非常適合她。

甚至讓我覺得這才是二斗最原始的模樣……

——我再次墜入情網。

我喜歡二斗。

喜歡在舞台上笑容燦爛的她——

此刻我清楚感受到心中這份情感。

而且……

「……原來如此。」

我好像察覺到她的意圖了。

「二斗……妳把重擔都放下了吧。」

二斗總是在拘束自己。

用音樂、未來和罪惡感束縛自己。

儘管如此，現在的她看起來自由了些。

甚至像欣然接受自己該有的命運——

那……就拭目以待吧。

抱著單純的期待，看看她會唱出怎樣的歌曲，此刻的她會拿出什麼樣的作品。

我對此由衷期待。

——在我思考期間，她已經在鋼琴前入座。

短暫間隔後，她深深吸一口氣——讓指尖在琴鍵上飛舞。

複雜的和音彷彿踏著舞步互相纏繞，交織出一首樂曲。

節奏不斷跳動，旋律翩然起舞。

不知不覺——二斗站了起來。

她就像再也忍不住那樣站了起來，愉悅地搖擺身體。

接著將臉湊近麥克風，張大嘴巴——

——唱出歌聲。

ｎｉｔｏ震動喉嚨，用歌聲編織旋律。

自由又快樂的旋律充滿整座體育館。

她臉上浮現出滿面的笑容。

——從未見過這種表情。

包含第一輪高中生活在內，我從未見過二斗如此開心唱歌的模樣。

我已經看得目不轉睛，眼中只有她創造出的歌曲和世界。

她一眨眼就蹦出了銀河，揮灑的汗水變成點點星辰。

眼前景象充滿明豔的色彩，鮮明的激昂感受也湧上心頭。

而且——在她自己創造的世界，聽眾的熱情和音樂漩渦正中心。

ｎｉｔｏ露出快樂到無法自拔的神情，正天真爛漫地與音樂同樂——

Tomorrow,when spring comes.

明日，裸足前來。

#HADAKOI

尾聲 epilogue

【冬天的訊息】

「——統計……」

一說完，我從正在操作的電腦抬起頭。

「……完成了。」

自由舞台的表演者和工作人員都鼓譟不安。

但在人群中心的——六曜學長。

這場對決的當事者雙手環胸，一臉冷靜地看著我。

碧天祭在熱鬧非凡的氣氛中閉幕了。

在體育館集合舉辦完閉幕典禮後。

我們再次回到區民活動中心確認今日的比賽結果。

由我負責統計數字。

將資訊社製作的網站直播頁面不重複觀眾人數，和文化祭執行委員計算的各舞台入場觀眾數加總……比賽結果和六曜學長的未來，就記在我手上的這張紙上。

「如何？」

看了我的反應——

六曜學長用十分爽朗，似乎對這狀況樂在其中的嗓音這麼問。

「把結果告訴我們。」

「好……」

我點點頭並從椅子上起身。

接著面向大家——

「自由舞台的入場人數和直播觀看人數總和為——」

說完，我稍微頓了頓才繼續說：

「——五千兩百零八人。」

喔喔喔——現場爆出一陣驚呼。

超過五千人，確實是大幅超出預期的數字。

每年的自由舞台觀眾，整體甚至不到兩百人。

在重來前的時間軸中也不到一千人。

已經可以算是「成功創下不同於以往的驚人舞台」了吧。

現場瀰漫著「這樣能贏吧……」的氣氛。

眾人拋來的視線中明顯帶著這股期盼。

然後——

「再來是主舞台，入場人數和直播觀看人數的總和是──」

我再次說出這個開場白。

並把這場對決的結果告訴大家──

「──七千八百十一人。」

自由舞台──五千兩百零八人。

主舞台──七千八百十一人。

輸了。

我們自由舞台……輸了。

在nito登場之前確實是我們贏。

聽起來很像藉口，卻是不爭的事實。

我們的舞台和表演都大幅勝過他們，也吸引到更多的觀眾。

實際上觀眾也看得很開心。

觀眾席每位觀眾的表情，看起來都很快樂。

看他們的表情，彷彿會把今天的舞台永遠銘記在心。

可是——ｎｉｔｏ。

最後登場，剪短頭髮的她。

那場演奏的次元等級截然不同。

過去我應該看過無數次ｎｉｔｏ的表演。

不管是第一輪高中生活、第二輪的現在、就近欣賞還是線上收看，她各種形式的演奏，我都一路看過來了。

而這次的演奏——跟過往的每一場演奏完全不同。

ｎｉｔｏ彷彿解脫般開朗無比的表情。

唱出悠揚旋律的歌聲。

她——變得煥然一新。

終於拋下過去束縛自己的一切，變得自由自在。

她歡欣愉悅地彈奏鋼琴，宛如翩然起舞般引吭高歌。

這些變化也讓線上聽眾驚訝萬分，轉眼間就在ＳＮＳ上掀起話題。

『——ｎｉｔｏ好像跟平常完全不一樣！』

『——看起來超開心的！』

『——她真的是ｎｉｔｏ嗎？』

『——原來她這麼可愛啊。』

結果碧天祭網站的直播頁面被灌爆了。

觀看人數攀升到先前的好幾倍。

雖然不到平常影音網站能聚集萬人單位的直播等級……但ｎｉｔｏ的變化如今在ＳＮＳ上已經吵翻天了，往後應該會出現更多備份影片吧。

所以——敗北。

是我們輸了。

「……」

「……」

「……」

所有人都愣在原地。

我們……沒能成功。

明明那麼團結拚命，用盡全力奮戰，卻還是不敵對手。

看大家的表情，似乎還不知道該如何接受這個事實——

可是——

「——謝謝你們！」

這個聲音——響徹了體育館。

「——真的很感謝大家陪我全力應戰！」

是六曜學長。

他向我們深深一鞠躬——用今天最熱血的聲音這麼說。

「所以……很抱歉！輸掉比賽是我的責任！是我實力不足！明明大家這麼拚命，我真的對不起你們！」

「怎、怎麼說這種話……！」

第一個發聲的人。

最先跑向六曜學長的人，是泫然欲泣的吾妻學姊。

「六曜同學很厲害，我真的玩得很開心……」

「對啊，我也很開心。」

「觀眾都捧腹大笑呢！」

人們都聚在他身邊，紛紛向六曜學長表達謝意。

現場的氣氛變得和緩了些。

感覺大家漸漸開始接受敗北的事實。

可是……

「……和你父親的約定呢？」

五十嵐同學忽然提起這件事。

「要贏過主舞台的約定……算是沒完成吧？」

現場氣氛再次變得愁雲慘霧。

沒錯——和父親的約定。

這場對決的大前提就是贏過主舞台，讓父親認同他的創業夢。

結果卻沒能成功……

……我忽然想起一件事。

碧天祭準備工作剛起步時，我在兩年半後的未來看見的六曜學長。

那時的他毫無霸氣可言，從目前的狀況根本無法想像。

學長沒有自信、目標和想做的事，只是渾渾噩噩地過著每一天。

難道……他又會變成那樣嗎？

六曜學長又會像那樣失去希望嗎……

「……這個嘛。」

但六曜學長臉上依舊帶著自信滿滿的笑容。

「老爸好像有來看自由舞台。」

「居然有來啊……」

「他有說什麼嗎？」

「他很感動。」

六曜學長這麼說，愉悅地勾起一抹笑容。

「他說：『原來春樹和夥伴們打造了這個舞台啊，老實說完全超乎我的預料呢。』」

然後他——

六曜學長看著在場所有人的眼睛。

「他——同意讓我去創業了。」

充滿驕傲地加重語氣對我們這麼說。

「還說無論結果如何，都不會阻止我——」

——全場歡呼。

同意創業了——

這是所有人都渴望追求的結果。

我們……可能真的無法達到ｎｉｔｏ的境界，就算全力以赴依然落敗。

即使如此，只要能抓住這樣的未來——

只要六曜學長的未來是光明的，那就足夠了。

在眾人紛紛獻上祝福時——

六曜學長有些難為情地搔搔臉頰。

「可是……嗯。」

他繼續說道：

「我還是會聽老爸的話……先去他公司上班。」

——咦？

周遭所有人都停下動作。

為什麼？不是獲得同意了嗎？

為什麼還是……要去父親的公司？

看到我們錯愕的反應，六曜學長搔搔頭髮。

「該怎麼說呢……拚死拚活走到這一步之後，我才終於明白老爸說的話。我的能力還遠遠不足，不懂的地方也多得是。起初我打算自己攬下所有事，卻差點崩潰，也後悔沒早點向你們求助。老爸之所以要我先進他公司上班……」

說到這裡，六曜學長露出有些羞愧的笑容。

「……是建議我先學習這些事，再來考慮創業。」

……或許真是如此。

父親應該不會莫名其妙就否定學長的目標。

是基於天下父母心才會如此提議。

「所以……我也決定試試看，先在老爸的公司學習工作基礎。對不起，你們明明這麼幫我，我卻如此自私，真的很抱歉！」

六曜學長再次深深一鞠躬。

「但託大家的福，我學到了很多，這份經驗應該會大大改變我的未來。真的真的很謝謝你們！」

說完——學長看著我們的眼睛。

看著所有人的那雙眼……難得變得淚汪汪。

「所以我希望今天——能變成大家心中最美好的回憶！」

＊＊＊

——當所有人的掌聲停下時……

我——六曜春樹走向坂本巡那小子。

「嗨，辛苦了。」

「……是啊，辛苦了。」

巡抬起頭看著我。

眼下有黑眼圈，滿頭大汗，T恤也皺巴巴的。

這小子……真的很努力啊。

和我一起用盡全力熬過了碧天祭。

所以——

「……創業之後，我會找你的。」

我對眼前的巡這麼說。

「等我學成準備開公司的時候，我會找你的。如果你願意的話，就跟我一起打拚吧。」

「哦～真的嗎？」

巡笑嘻嘻地說。

「所以我已經確保工作機會了嗎？」

「是啊。但如果我失敗了，你也會一起失業啦。」

我們就像這樣笑著調侃對方。

在那個雨天後——滿身泥濘地在校園裡聊過之後，我們的距離好像瞬間拉近了。

「但你真的要找我嗎？」

巡用輕鬆的口氣問我。

「我可不保證自己的工作能力喔？」

「沒問題。」

我信心滿滿地對巡點點頭。

接著——心懷感激地向他清楚表明我的心情。

「因為你是我的搭檔啊——」

巡震驚地瞪大雙眼。

隨後有些難為情地哈哈大笑起來。

——在五十公尺賽跑拚盡全力之後，又過了好長一段時間。

當時還是小學生的我已經變成高中生，離大人更近一步了。

那時的我如今是否還留在我心中呢？

那天全力奔跑的我，是不是還看著我呢？

既然如此——我想對那小子，對那天的我說一句話。

——喂，我找到了。

比獨自努力奔跑還要更快的方法——

尾聲二 | epilogue2

【明天開始的小行星】

——我在碧天祭結束後回到未來，隔天便前往警察局。

現在是早上十點多。

『關於二斗千華小姐的失蹤案，我們有些問題想請教您。』

接到警方語氣恭敬的聯絡後，我和父母一同前往都心附近的警察局。

——結果二斗在這個未來依舊失蹤了。

她和六曜學長的問題解決後，她也沒有離開天文同好會。

但她還是從我們眼前消失了——

……老實說，我對這個結果……其實心裡有底。

二斗對我說的那個「應該消失的理由」。

因為這個對二斗來說最大的問題確實尚未解決，如今依然擋在她眼前——

我走進警察局，在一樓大廳報告來訪的理由。

對方要我稍等一會，我便無所事事地用手機瀏覽新聞網站。

在這個時間軸，失蹤報導也已經放出一段時間了。

至今下落不明的她仍頻頻登上媒體版面，粉絲們依舊相當激動。

她留下的書信內容當然比以前好多了。

『再見。』

『我不會再回東京了。』

根據公開的書信內容，能明顯看出她現在還在某處生活。

儘管如此，對醉心於她的音樂的粉絲來說，心中的不安依然難消吧。

網路上也對她的失蹤原因產生各式各樣的臆想，從毫無根據的妄想到煞有其事的推測都有，無數種「n·i·t·o消失的理由」以文章和影片的形式不斷增長。

「——讓您久等了。」

有位身穿制服的年輕男性從建築物後方現身。

看樣子是來接待我們的人。

我們跟著他搭乘電梯，來到類似會客室的房間。

「不好意思，讓你們特地大老遠跑這一趟……」

這房間十分冷清，有股閉塞感。

有位中年男性坐在吱嘎作響的椅子上等候我們。

據說就是由他負責搜索下落不明的n·i·t·o。

因為n·i·t·o是知名人物，他行事慎重，但還在大規模搜索她的行蹤。

「然後……」

他拿出幾張紙。

似乎是Ａ４大小的複印文件。

「二斗小姐留下的書信中，出現了你的名字……」

「……這樣啊。」

其實我也早有預料。

我想起畢業典禮那天放出的新聞文案。

根據公司發布的新聞稿，二十日於都內結束彩排行程後就聯繫不上ｎｉｔｏ，去她獨居的家中找人時，發現了疑似要給親友的信。

——給親友的信。

那一定——就是我吧。

現在我才明白，她寫封信給我之後就失蹤了。

「……能請您過目嗎？」

他用相當慎重的語氣對我說。

「如果有任何頭緒，希望您能告訴我……」

「……我知道了。」

我做好心理準備並點點頭。

這是二斗留給我的信，當然該由我來看。

「謝謝，那就麻煩您了……」

說完，男性就將複印文件交給我。

我深吸一口氣，緩緩將目光移向書信內容。

——上頭用二斗的字跡寫著對我的歉意。

『——巡真的是個很厲害的人。』

『——在遇見我之前就是如此。』

『——你在天文學做出很多成就，大學也選了相關科系。』

『——跟我在一起之後，你就放棄那條路了。』

『——一定是我改變了你吧。』

『——所以，我要跟你道別。』

『——對不起。』

「原來如此。」

看完整封信後，我長嘆一口氣。

「這樣啊，原來是這樣啊……」

……書信內容如我所料。

在她經歷的某次循環中，我一定曾熱衷於天文學研究吧。

沒有被二斗的天才本性擾亂心思，也沒有天天和朋友開心玩樂……而是專心一志地為自己的未來不斷努力。

而且——似乎還做出了驚人的成就。

但和二斗愈走愈近後，這個未來就毀了。

我不知是以什麼形式，迎來這個不順遂的結局。

感到自責的二斗為了從我眼前消失，終止了所有活動直接失蹤。

「原來如此……」

——我看清了這個事實。

目睹她失蹤的理由後——

我才明白自己時間移動後「真正該做的事」。

「這樣啊，所以我……」

我看著眼前這幾張紙。

目不轉睛地看著紙上二斗的字跡——

「——只要發現小行星就行了。」

如此低聲呢喃——

——時間移動的結果。

我們改寫過去的終點，已經逐漸靠近了——

寫出熱鬧又愉快的氛圍，這些角色真的幫了我不少忙。

對了對了，雖然我的作品經常有這種感覺，但故事中提到的每一件事，都跟我自己的生活態度有很大的關聯。

二斗的煩惱、坂本的後悔、真琴的寂寞，全都是由我的人生碎片組合而成。

如果是這一集的話，就是六曜的苦衷了吧，這也是我心中的一大課題。更進一步來說……《裸足》這部系列作也是一種探索嘗試，就像六曜找出自己該走的路一樣。

所以看到他屢屢挫敗的樣子，我實在很難置身事外。

我希望自己也能像他一樣，找到未來該走的路。

如果讀者當中也有人跟我想法相近，或是不限於六曜，只要能在任何角色身上感受到「我有時候也會這樣呢」的話，就是最讓我欣慰的事了。第三集讓我加深了這股期許。

還有！這集最重要的就是二斗最後的「某個變化」吧！

已經看完的人有沒有嚇到啊？

在我的作品中，女主角基本上都會變成這樣呢……（竊笑）

還沒看到的讀者，敬請期待後續發展。

這也是我本身成為作家以來的首次嘗試。

那麼，《裸足》也即將迎來系列作的劇情高潮了。

現階段應該能好好寫到系列作開始時就想好的結局，希望各位也能喜歡後續的故事。

此外，我也在MF文庫J出了新作品。

書名為《午後4時。透明、ときどき声優》，是以配音員為題材的作品。

這是我經過大量取材努力學習後寫出的演藝圈故事，是超級自信之作，請各位務必賞光。這一定也會是一部好作品！

期待能在下一部作品與各位見面！下次見！

岬　鷺宮

明日，裸足前來。3 後記

基本上，我對自己已出版的所有作品都有一定程度以上的信心。

每部作品都能讓我驕傲地對大家說：「快來看！」

現實中當然有寫得順與不順，賣得好或不好，或是現在看覺得「技術不到家」的作品。

但至少我盡了全力。當時的自己已經盡其所能，也覺得這些故事能讓讀者看得開心，懷著這股自信不斷推出作品。

在這些前提下……這本《明日，裸足前來。3》。

若問我寫得如何……老實說，可能是目前為止最讓我驕傲的作品。我深刻感受到自己成功寫出了「理想中的故事」。

我一直很想寫寫看男生之間的友情，不同類型的人，以及凡人努力追趕天才的模樣。我借助二斗和坂本的力量，成功寫出了我想表達的概念。

所以，如果要我說出此刻最真實的心境，那就是……

啊啊啊————！太棒啦！

居然能寫出這種感覺，真的太棒啦啊啊啊啊啊啊！

從系列作的初始階段，我就覺得這是一大重點。

這本第三集，我真的有寫出讓自己滿意的成果嗎？

不管是從系列作整體品質來看，還是以我一個作家而言，這都是非常重要的考驗。

能將這一集寫出這樣的品質，我打從心底鬆了一口氣。

這也要感謝支持我的每一位讀者……

真的真的很感謝大家，其實連責編都對我讚不絕口……

此外，創作這一集時讓我覺得最有趣的，是角色們表現得比以往還要隨興自由。

萌寧講話變得惡毒，二斗也擅自戴了頭套。

連新角色吾妻綺羅羅學姊都大鬧了一場，我在構思階段根本沒想過這種事。沒想到她變成了我很喜歡的角色，甚至還被畫成內頁插圖，我真的超級開心～

這次是文化祭的故事嘛，我也想

三角的距離無限趨近零 1~9（完）

Kadokawa Fantastic Novels

作者：岬鷺宮　插畫：Hiten

我愛上的那個女孩體內住著兩個靈魂——
與雙重人格少女譜出的三角戀愛故事。

奇妙的三角關係結束後過了一段時間。等著我和她的是理所當然，卻又是我們最期盼的日常生活。情侶間尋常的互動；跟同學一起度過高中生活最後的夏天；各自的將來，然後畢業——令人心痛又愛憐的戀愛故事，鮮明地描繪兩人「現況」的續篇。

各 **NT$200~240/HK$67~80**

義妹生活 1~8 待續

Kadokawa Fantastic Novels

作者：三河ごーすと　插畫：Hiten

「就算在教室，
我也想和你說更多話、想要離你更近。」

隨著升上三年級，悠太與沙季迎來重大的變化。重新分班讓兩人展開了在同一間教室的生活，逐漸逼近的大考與還沒抓到方向的未來藍圖，令他們不知所措。一直以來都在緩緩縮短距離的兩人，為了重新審視彼此之間過於親近的關係而「磨合」，不過——？

各 **NT$200~220/HK$67~73**

男女之間存在純友情嗎？
不，不存在！
七菜なな
插畫／Parum
Flag 7.
不過，既然是戀人，我就是你的第一吧？
Kadokawa Fantastic Novels

男女之間存在純友情嗎？（不，不存在！） 1~7 待續

Kadokawa Fantastic Novels

作者：七菜なな　插畫：Parum

即將迎來成為戀人的第一次聖誕節
——兩人隱藏在心中的真實想法是？

曾經立下友情誓言的摯友，悠宇跟日葵現在成了最愛的戀人。凜音重返「you」的團隊，並活用自己的經驗讓飾品販售會大為成功。日葵為了讓自己依然是最懂悠宇的人決定退出「you」……不久後就是聖誕節，又有怎樣的未來等著這對滿心期待的戀人——

各 NT$$200~280 / HK$67~93

聲優廣播的幕前幕後 1～6 待續

Kadokawa Fantastic Novels

作者：二月公　插畫：さばみぞれ

新的幕前幕後聲優也接連登場，
熱血沸騰的青春聲優故事第六集！

偶像聲優計畫「皇冠☆之星」啟動！第一個活動是選拔組合之間的對抗演唱會。兩隊的隊長竟然分別是──夕陽與夜澄！即使夕陽不在身邊，對她的競爭意識也會給自己帶來力量！夜澄是否能帶領這個滿是問題兒童的隊伍，讓自己進一步成長呢！

各 **NT$240~250/HK$80~83**

國家圖書館出版品預行編目資料

明日,裸足前來。/岬鷺宮作 ; 林孟潔譯. -- 初版. --
臺北市 : 臺灣角川股份有限公司, 2024.04-
冊 ; 公分

譯自 : あした、裸足でこい。
ISBN 978-626-378-768-1(第3冊 : 平裝)

861.57 113001901

Kadokawa
Fantastic
Novels

明日，裸足前來。 3

（原著名：あした、裸足でこい。3）

2024年4月22日　初版第1刷發行

作　　者：岬鷺宮
插　　畫：Hiten
譯　　者：林孟潔
發 行 人：台灣角川股份有限公司
總　　監：呂慧君
總 編 輯：蔡佩芬
主　　編：林秀儒
編　　輯：楊玟恩
設計指導：陳晞叡
美術設計：吳佳昀
印　　務：李明修（主任）、張加恩（主任）、張凱棋

發 行 所：台灣角川股份有限公司
地　　址：104台北市中山區松江路223號3樓
電　　話：（02）2515-3000
傳　　真：（02）2515-0033
網　　址：www.kadokawa.com.tw
劃撥帳戶：台灣角川股份有限公司
劃撥帳號：19487412
法律顧問：有澤法律事務所
製　　版：尚騰印刷事業有限公司
ISBN：978-626-378-768-1